Ce li

. . . . . .

. . . . . .

. . . .

RETROUVEZ Le Club des Cinq
DANS LA BIBLIOTHÈQUE ROSE

Le Club des Cinq
La boussole du Club des Cinq
Le Club des Cinq en péril
Le Club des Cinq et le coffre aux merveilles
Le Club des Cinq et les gitans
Le Club des Cinq et les papillons
Le Club des Cinq et les saltimbanques
Le Club des Cinq et le trésor de l'île
Le Club des Cinq joue et gagne
Le Club des Cinq se distingue
Le Club des Cinq va camper
Enlèvement au Club des Cinq
Les Cinq et le trésor de Roquépine
La locomotive du Club des Cinq
Les Cinq à la télévision
Les Cinq dans la cité secrète
Les Cinq se mettent en quatre

Enid Blyton

Le Club des Cinq et le trésor de l'île

Illustrations de Jean Sidobre

HACHETTE

L'ÉDITION ORIGINALE DE CET OUVRAGE
A PARU EN LANGUE ANGLAISE
CHEZ HODDER & STOUGHTON, LONDRES,
SOUS LE TITRE :

FIVE ON TREASURE ISLAND

Hachette Livre, 43, quai de Grenelle, 75015 Paris.

Chapitre 1

En route pour Kernach

« Maman », demanda François ce matin-là alors que toute la famille se trouvait réunie autour de la table du petit déjeuner, « maman, as-tu décidé où nous passerions nos grandes vacances cette année ? Retournerons-nous à Grenoble comme l'été dernier ?

— Non, répondit Mme Gauthier. Je crains que ce ne soit pas possible. Les hôtels sont déjà complets et les touristes ne cessent d'affluer de partout. »

François, Mick et Annie firent la grimace. Tous trois échangèrent par-dessus leurs bols des regards consternés. Grenoble était une ville si agréable ! C'était un centre d'excursions merveilleuses et on y respirait l'air pur de la montagne.

« Allons, dit M. Gauthier, ne vous désolez pas d'avance. De toute façon, votre mère et moi, nous ne pouvons pas partir avec vous cette année. Maman ne vous avait pas prévenus ?

— Non ! s'écria Annie. Est-il vraiment impossible que vous preniez vos vacances avec nous cet été ? Nous étions toujours restés ensemble jusqu'à présent.

— Sans doute, répondit Mme Gauthier, mais cette année-ci, papa désire que je l'accompagne dans le Nord en voyage d'affaires. Alors, nous nous sommes dit que vous étiez maintenant assez grands pour vous débrouiller seuls, et que cela vous amuserait de passer vos vacances sans nous. Cependant, étant donné qu'il n'y a pas de place à Grenoble, et qu'il ne saurait être question que vous restiez à Lyon, je me demande bien où nous allons vous envoyer...

— Pourquoi pas chez les Dorsel ? » proposa soudain M. Gauthier.

Henri Dorsel était le frère de Mme Gauthier, et par conséquent l'oncle des trois enfants. François, Mick et Annie ne l'avaient vu qu'une fois, et son aspect les avait intimidés. C'était un homme très grand, au front sévère, un savant d'une certaine renommée et qui passait le plus clair de son temps à étudier. Il habitait au bord de la mer... et c'était tout ce que ses neveux savaient de lui.

« Chez Henri ! s'exclama Mme Gauthier, assez étonnée. Qu'est-ce qui t'a fait penser à lui ? Mon frère n'est pas homme à supporter qu'une bande d'enfants vienne mettre le désordre dans sa petite maison.

— Ma foi, j'ai rencontré l'autre jour à Paris la femme d'Henri. Comme moi-même, elle était venue pour affaires. Dans le courant de la conversation elle m'a avoué qu'elle se sentait un peu seule à Kernach. Son mari est toujours plongé dans ses livres et elle se demandait si elle n'en viendrait pas à prendre un ou deux pensionnaires pour l'été, histoire de s'occuper un peu. La maison des Dorsel, au bord de la mer, serait un lieu de séjour idéal pour les enfants. Tante Cécile est très gentille. Elle prendrait grand soin d'eux, je suis sûr.

— Oui... et elle a une fille avec laquelle nos trois diables pourraient jouer. Voyons, comment s'appelle-t-elle au juste... ? Ah ! oui, Claudine. Quant à son âge, je crois qu'elle doit avoir environ onze ans.

— Comme moi ! s'écria Mick. Dire que nous possédons une cousine que nous n'avons jamais vue ! Je suppose que notre venue lui ferait plaisir...

— Justement, coupa M. Gauthier. Votre tante Cécile m'a déclaré que la fréquentation d'enfants de son âge serait un bienfait pour Claudine. Je suis persuadé que, pour résoudre ce problème des vacances, il suffit de téléphoner à Cécile et de nous entendre avec elle pour qu'elle accepte de recevoir les enfants cet été. »

L'idée de leur père fut accueillie avec enthousiasme par les trois enfants. « À quoi ressemble la plage ? Du sable ou des galets ? L'endroit est-il joli ? Y a-t-il des falaises, des rochers ? demanda Annie.

— Je ne m'en souviens pas très bien, répondit son père, mais je suis certain qu'il vous plaira. Il s'agit d'une baie, la baie de Kernach. Votre tante Cécile a vécu toute sa vie dans le coin et ne le quitterait pour rien au monde. Je vais téléphoner et tâcher de m'entendre avec elle. »

Les enfants, ayant terminé leur déjeuner, se levèrent de table et suivirent leur père dans le vestibule où se trouvait l'appareil téléphonique.

« J'espère que tout va s'arranger au mieux pour nous ! dit François. Je me demande à quoi peut ressembler cette Claudine. Elle a un joli prénom, vous ne trouvez pas ? Un an de moins que moi et le même âge que toi, Mick. Quant à toi, Annie, tu es plus jeune qu'elle d'un an. Autrement dit, nous sommes faits pour nous entendre. Tous les quatre, j'ai idée que nous allons nous amuser ! »

Quand M. Gauthier eut obtenu sa communication, il fit signe aux enfants de s'éloigner, mais ceux-ci le virent revenir vers eux au bout de dix minutes. Un large sourire éclairait son visage.

« Tout est arrangé ! annonça-t-il. Votre tante Cécile se déclare enchantée de vous recevoir. Elle m'a affirmé que votre présence ferait grand bien à Claudine dont l'existence est un peu trop celle d'une sauvageonne. Par exemple, il vous faudra faire attention à ne pas déranger l'oncle Henri. C'est un savant qui travaille beaucoup et se fâche volontiers quand il est troublé dans ses recherches.

— Nous ne ferons pas de bruit, affirma Mick. Nous te le promettons, papa. Mais, dis-moi, quand partons-nous ?

— La semaine prochaine, si maman peut préparer vos affaires d'ici là. »

Mme Gauthier fit un signe d'assentiment.

« Oui, dit-elle. Il n'y a pas tellement à faire. Que leur faut-il ? Leurs maillots de bain, des pull-overs et des blue-jeans. C'est à peu près tout ce qu'ils porteront là-bas.

— Papa, demanda François, comment irons-nous là-bas ? Par le train ou en voiture ?

— En voiture ! Nous pourrons fourrer tous vos bagages dans le coffre arrière. Voyons, nous pourrions partir... disons mardi.

— Cela me convient tout à fait, opina Mme Gauthier. Nous aurons le temps de conduire les enfants à Kernach, de revenir ici faire tranquillement nos propres valises et de nous mettre en route dès vendredi... »

Jamais mardi ne fut attendu avec plus d'impatience. Les enfants comptaient les jours en soupirant et Annie, chaque soir avant de se coucher, rayait soigneusement du calendrier la journée écoulée. Cette semaine-là parut interminable. Enfin, enfin, le mardi arriva ! Mick et François, qui partageaient la même chambre, s'éveillèrent en même temps et se dépêchèrent de jeter un coup d'œil par la fenêtre...

« Chic ! il fait un temps magnifique ! s'écria

François en sautant hors du lit. Allons vite réveiller Annie. »

Annie couchait dans la pièce voisine. François y entra en coup de vent.

« Debout ! C'est mardi et le soleil brille ! »

Annie s'éveilla et sourit à son frère.

« Le jour du départ est enfin arrivé ! dit-elle toute joyeuse. Jamais le temps ne m'avait paru aussi long. Il me tarde d'arriver à Kernach ! »

On se mit en route aussitôt après le petit déjeuner. La voiture des Gauthier était vaste et toute la famille put s'y installer confortablement.

On se trouva vite en pleine campagne. Les enfants se mirent à chanter à pleine voix, comme ils le faisaient toujours quand ils se sentaient heureux.

Le pique-nique marqua une halte agréable, dans un cadre champêtre à souhait. Par exemple, Annie n'apprécia guère la grosse vache brune qui s'approcha d'elle pour la dévisager avec curiosité. Heureusement que l'animal s'en fut sans insister lorsque papa agita sa serviette dans sa direction. Les enfants avaient un appétit d'ogre. Ils dévorèrent littéralement et maman déclara que, comme ils avaient englouti jusqu'aux sandwiches préparés pour le goûter, on serait obligé de faire une pause dans un café au bord de la route vers quatre heures et demie.

« À quelle heure arriverons-nous à Kernach ? demanda François.

— Vers six heures, si tout va bien », répondit son père. Bientôt, les kilomètres défilèrent de

nouveau. L'heure du goûter arriva. Puis les trois enfants commencèrent à témoigner d'une joyeuse impatience à présent que le but de leur voyage approchait.

« Guettons bien l'apparition de la mer ! recommanda Mick. Je la devine déjà à l'odeur. »

Et c'était vrai. L'air apportait jusqu'à leurs narines les senteurs iodées du grand large. La voiture s'arrêta soudain au sommet d'une petite montée... et la mer fut devant eux, d'un bleu éblouissant sous le soleil calme et lisse. Les trois enfants poussèrent une clameur d'enthousiasme.

« La voici enfin !

— Comme elle est belle !

— Je voudrais pouvoir me baigner tout de suite.

— Dans vingt minutes environ nous arriverons à la baie de Kernach, annonça M. Gauthier. Vous ne tarderez guère à apercevoir la baie elle-même. Elle est assez vaste, avec une curieuse petite île au milieu. »

Lorsque l'auto s'engagea sur le chemin qui longeait la mer, les enfants se mirent à guetter l'apparition de la baie. François fut le premier à l'apercevoir.

« La voilà !... Oui, c'est certainement la baie de Kernach ! Regarde, Mick, comme elle est pittoresque et d'un joli bleu !

— Et toi, vois-tu la petite île rocheuse qui a l'air de monter la garde au milieu ? J'aimerais bien la visiter !

— Eh bien, vous en aurez certainement l'occasion, dit Mme Gauthier en se retournant. À présent, il s'agit de trouver la *Villa des Mouettes,* où habitent mon frère et sa famille. »

On ne tarda pas à la découvrir. Elle se dressait sur la petite falaise qui dominait la baie, et offrait l'apparence d'une très vieille demeure. Ce n'était pas à proprement parler une villa mais une grande maison de pierre blanche, que les ans avaient délicatement patinée. Des roses grimpantes en tapissaient la façade et le jardin qui l'entourait s'égayait de mille fleurs.

Chapitre 2

L'étrange cousine

La tante des enfants avait guetté l'arrivée de la voiture. Elle sortit en courant de la maison sitôt qu'elle la vit paraître. Dès le premier abord, tante Cécile plut beaucoup à ses neveux et nièce.

« Soyez les bienvenus à Kernach ! s'écria-t-elle joyeusement. Quel plaisir de vous voir ! Et comme ces enfants sont grands ! »

Elle embrassa tout le monde puis fit entrer les visiteurs.

« Où est Claudine ? » demanda tout de suite Annie en regardant autour d'elle dans l'espoir de voir surgir sa cousine inconnue.

« C'est une vilaine petite fille, répondit sa

tante. Je lui avais demandé de rester dans le jardin pour vous attendre et je constate qu'elle a disparu. Je dois vous avertir, mes petits, que vous trouverez peut-être le caractère de Claude un peu difficile au début... Voyez-vous, elle a toujours vécu seule et cela explique en partie sa sauvagerie. Il est possible qu'elle n'apprécie pas tellement votre venue ici. Mais cela lui passera.

— Vous l'appelez Claude ! s'exclama Annie, surprise. Je croyais que son nom était Claudine.

— Oui, en réalité, c'est bien Claudine. Mais Claude a horreur d'être une fille et, pour lui faire plaisir, nous l'appelons Claude, ce qui fait plus masculin. »

Les enfants se firent tout bas la réflexion que leur cousine devait être une petite personne assez étrange. Cependant, elle ne paraissait toujours pas. À défaut, ce fut l'oncle Henri qui s'encadra soudain dans l'embrasure de la porte. Il était grand, très brun, bien de sa personne, mais un perpétuel froncement de sourcils déparait son large front qui respirait l'intelligence.

« Bonjour, Henri ! dit M. Gauthier. Voilà longtemps que je n'avais eu le plaisir de te rencontrer. J'espère que mon trio ne te dérangera pas trop dans ton travail.

— Henri s'occupe actuellement de rédiger un ouvrage scientifique, expliqua tante Cécile, mais son bureau est isolé tout à l'autre bout de la maison. Je ne pense donc pas que les enfants le gênent. »

L'oncle Henri se tourna vers les trois jeunes Gauthier et leur adressa un petit signe de tête.

Mais le pli ne s'effaça pas de son front et Annie et ses frères se sentirent un peu contraints en sa présence.

« Où donc est Claude ? demanda soudain le savant.

— Disparue je ne sais où, avoua tante Cécile un peu ennuyée.

— Elle a besoin d'une bonne fessée », déclara oncle Henri. Et les enfants ne purent démêler s'il s'agissait là d'une boutade ou s'il parlait sérieusement. « Eh bien, mes petits, je souhaite que vous passiez du bon temps ici et que vous réussissiez aussi à mettre quelques grains de bon sens dans la tête de Claude ! »

La *Villa des Mouettes* n'était pas assez grande pour permettre à M. et à Mme Gauthier d'y passer la nuit. Aussi, après un dîner rapide, ils dirent donc au revoir à leurs enfants dans la soirée. Claude n'avait toujours pas paru.

« Je suis navrée que nous n'ayons pu voir Claudine, murmura Mme Gauthier. Embrassez-la pour nous et dites-lui que nous espérons qu'elle s'amusera bien avec Mick, François et Annie. »

Là-dessus, les voyageurs s'en allèrent. Les enfants se sentirent un peu seuls lorsque la grosse voiture bleue de leurs parents eut disparu au tournant du chemin, mais tante Cécile les conduisit au premier étage pour leur montrer leurs chambres.

Les deux garçons devaient coucher dans la même pièce, une petite chambre mansardée d'où l'on avait une vue splendide sur la baie.

Annie, elle, devait partager la chambre de Claudine, dont les fenêtres s'ouvraient sur la lande qui s'étendait derrière la maison. Cependant, une petite fenêtre de côté donnait sur la mer et Annie s'en montra ravie. De toute manière, la chambre était jolie, et les roses rouges qui escaladaient la façade de la maison venaient caresser les vitres au souffle de la brise.

« Je voudrais bien que Claudine revienne, dit Annie à sa tante.

— Ma foi, c'est une curieuse enfant. Il lui arrive de se montrer désagréable et hargneuse, mais elle possède un cœur d'or. De plus, elle est d'une loyauté à toute épreuve et on peut lui faire confiance. Une fois que vous serez devenus amis tous les quatre, vous pourrez compter sur Claude : elle demeurera votre amie à jamais... Hélas ! elle se lie très difficilement. »

Annie se mit soudain à bâiller.

« Ma pauvre Annie ! Tu es fatiguée. Il faut vite vous coucher, mes enfants », conseilla tante Cécile.

Annie embrassa donc ses frères et leur souhaita bonne nuit mais, avant de les quitter, ne put se retenir de leur communiquer son étonnement.

« Je me demande bien où peut être Claudine... Elle est drôle, n'est-ce pas, de n'avoir pas été là pour nous recevoir... et puis d'avoir manqué le dîner... et enfin de n'être même pas de retour à une heure aussi tardive ! Après tout, elle doit dormir dans la même chambre que moi. Dieu sait à quel moment elle va venir me réveiller ! »

En fait, les trois enfants dormaient depuis longtemps lorsque Claudine se décida enfin à regagner son lit. Aucun d'eux ne l'entendit ouvrir la porte de la chambre d'Annie.

Lorsque Annie ouvrit les yeux, elle commença par se demander où elle était. Allongée dans son petit lit, elle laissa courir son regard sur le plafond d'abord, puis sur les roses rouges dont les têtes se haussaient jusqu'à la fenêtre ouverte. Alors seulement le sentiment de sa situation lui revint, tout d'un coup.

« Je suis à Kernach, songea-t-elle... et les vacances commencent ! »

Soudain, elle jeta un coup d'œil au divan voisin du sien. Elle y aperçut la silhouette d'une autre enfant, roulée dans ses couvertures. La seule chose qu'il fût possible de voir distinctement était le haut d'une tête brune et bouclée.

Quand la forme immobile se décida enfin à bouger, Annie lui adressa la parole :

« Dites-moi ! Vous êtes bien Claudine ? »

La fillette couchée dans le lit voisin se mit sur son séant et jeta un regard perçant à Annie. Ses cheveux bouclés étaient coupés très court, presque comme ceux d'un garçon. Le soleil avait hâlé son visage dont le teint bronzé faisait paraître plus bleus encore deux grands yeux couleur de myosotis. Cependant, la bouche était boudeuse et un pli vertical déparait le front, exactement comme chez l'oncle Henri.

« Non ! jeta l'interpellée. Je ne suis pas Claudine.

— Oh ! s'étonna Annie tout haut. Mais alors, qui êtes-vous ?

— Je suis Claude, répondit la fillette, et je ne vous répondrai que si vous m'appelez ainsi. Je déteste être une fille. Je ne veux pas en être une. Je n'aime pas les jeux de filles. Je n'aime que les jeux de garçons. Je sais grimper aux arbres mieux que n'importe quel garçon et je nage plus vite aussi qu'aucun d'entre eux. Je sais également naviguer à la voile aussi bien que n'importe quel marin de la côte. Vous devez m'appeler Claude. Seulement alors je vous parlerai. Sinon, vous ne tirerez pas un mot de moi.

— Oh ! » répéta Annie qui songeait que sa cousine était vraiment une créature extraordinaire. « Très bien. Peu importe de vous appeler d'une manière ou d'une autre. Claude est à mon avis un très joli nom. Je n'aime pas beaucoup Claudine. De toute manière, vous avez l'air d'un garçon.

— Vraiment ? » répliqua Claude en cessant de froncer les sourcils.

Les deux cousines se dévisagèrent un long moment en silence.

« N'es-tu pas désolée d'être une fille ? demanda soudain Claude.

— Non, certainement pas ! répondit Annie. J'aime porter de jolies robes, vois-tu... et j'aime aussi mes poupées.

— Peuh ! se soucier de chiffons et de jouets ! ricana Claude. Tu n'es qu'un bébé, c'est tout ce que je peux dire ! »

Annie ressentit l'offense.

« Tu n'es pas très polie, protesta-t-elle. Je suis sûre que mes frères se moqueront de toi si tu te donnes des airs de tout savoir. Ce sont de vrais garçons, eux ! Pas des garçons manqués comme toi !

— Eh bien, s'ils veulent se montrer désagréables avec moi, ce sera moi qui me moquerai d'eux ! » répliqua Claude en sautant du lit.

Annie se rendit compte que toutes deux avaient pris un bien mauvais départ. Elle se garda donc de répondre mais se dépêcha de s'habiller. Les deux fillettes étaient juste prêtes quand les garçons se mirent à tambouriner à leur porte.

« Es-tu habillée, Annie ? Et Claudine est-elle là ?... Claudine ! Nous vous attendons toutes les deux. »

Claudine ouvrit la porte à toute volée et passa devant Mick et François la tête haute. Elle fit mine de ne pas voir les deux garçons stupéfaits et, dégringolant les escaliers, disparut à leurs yeux. « Elle ne vous parlera pas si vous l'appelez Claudine, expliqua Annie. C'est une fille très bizarre. Elle s'est moquée de moi et s'est montrée assez désagréable. »

François passa son bras autour des épaules d'Annie et lui dit d'une voix consolante :

« Allons, ne t'inquiète pas ! Nous ne lui permettrons pas de te faire des misères. Et à présent, descendons vite déjeuner... »

Les trois enfants avaient faim. Une agréable odeur de café au lait et de pain grillé montait jusqu'à eux. Ils se hâtèrent de descendre et de saluer leur tante. Elle était précisément en train d'emplir les bols disposés sur la table. À une extrémité de celle-ci, l'oncle Henri était assis, plongé dans la lecture de son journal. Il répondit d'un signe de tête au bonjour de ses neveux et nièce. Les enfants s'installèrent en silence.

Claude était là, occupée à se faire une tartine de beurre. Elle salua l'arrivée de ses cousins d'un froncement de sourcils.

« Quitte cet air rébarbatif, Claude, lui ordonna sa mère. J'espère que tes cousins et toi êtes déjà devenus amis. Vous aurez tous quatre beaucoup de plaisir à jouer ensemble. Ce matin, tu emmèneras Annie, François et Mick sur la plage. Tu leur feras les honneurs de la baie et leur montreras les meilleurs endroits pour se baigner.

— Ce matin, je vais à la pêche », grogna Claude.

Son père leva les yeux du journal qu'il lisait.

« Certainement pas, coupa-t-il. Pour changer un peu, tu vas te montrer polie et conduire tes cousins à la baie. M'as-tu compris ?

— Oui, papa », dit Claude non sans froncer une fois de plus le sourcil, exactement comme son père.

« Vous savez, oncle Henri, si Claude désire vraiment aller à la pêche, nous saurons bien trouver tout seuls notre chemin jusqu'à la plage ! proposa Annie.

— Claude fera exactement ce que je lui ai dit, affirma son père d'un ton sans réplique. Et si elle n'obéit pas, elle aura affaire à moi. »

C'est ainsi que, une fois le petit déjeuner expédié, les quatre enfants s'apprêtèrent à descendre sur la grève. Un petit sentier d'accès facile serpentait jusqu'à la baie. Les jeunes Gauthier le dévalèrent en courant, tout heureux de se dégourdir les jambes.

« Claude, va donc pêcher si cela te fait plaisir ! » proposa Annie dès qu'ils se retrouvèrent sur la plage. « Nous ne dirons pas à tes parents que tu nous as quittés. Nous n'avons pas l'intention de t'ennuyer, tu sais. Nous sommes trois pour nous amuser et si tu ne veux pas rester avec nous, tu es libre.

— Mais nous aimerions bien t'avoir tout de même, si notre compagnie ne te déplaît pas », ajouta François avec générosité.

Tout bas, il jugeait Claude désagréable et mal élevée, mais ne pouvait s'empêcher de se sentir attiré malgré tout par cette fillette aux cheveux courts, au menton fièrement levé et aux yeux bleus brillants.

Claude le regarda bien en face.

« Je vais voir, dit-elle. Je ne me lie pas d'amitié avec les gens parce qu'ils sont mes cousins ou quelque autre stupidité de ce genre. Je me lie d'amitié avec eux seulement quand je les aime.

— C'est exactement comme nous, s'empressa de répondre François. Il se peut que tu ne nous plaises pas non plus, bien entendu !

— Oui... évidemment... c'est très possible. Il y a un tas de gens qui ne m'aiment pas, je m'en rends bien compte à présent que j'y songe. »

Annie ne quittait pas des yeux la baie couleur

d'azur. Au milieu se dressait une curieuse petite île rocheuse sur laquelle on apercevait, tout au sommet, ce qui semblait bien être un vieux château en ruine.

« Quelle île bizarre ! murmura Annie.

— C'est l'île de Kernach », répondit Claude en tournant son regard aussi bleu que la mer en direction de la masse rocheuse. « C'est un endroit bien agréable. Si vous me plaisez, en fin de compte, il n'est pas impossible que je vous y mène un jour.

— Et à qui appartient ce curieux îlot ? » demanda François.

La réponse de Claude surprit tout le monde.

« Il est à moi ! déclara-t-elle. Du moins il *sera* à moi plus tard ! Ce sera mon île personnelle... et mon château particulier ! »

Chapitre 3

Une histoire palpitante... et un nouvel ami

Les trois enfants dévisagèrent Claude avec des yeux ronds d'étonnement.

« Que veux-tu dire ? questionna finalement Mick. L'île de Kernach ne peut pas t'appartenir. C'est une plaisanterie.

— Mais non. C'est la pure vérité, répondit Claude. Tu n'as qu'à demander à maman... Et si tu ne crois pas ce que je dis, je ne t'adresserai jamais plus la parole. Je ne mens jamais. À mon avis, il faut être lâche pour ne pas dire la vérité... et je ne suis pas lâche. »

François se rappela que tante Cécile avait affirmé que Claude était d'une franchise à toute épreuve. Il considéra sa cousine tout en se grattant la tête d'un air perplexe. Se pouvait-il vraiment que son incroyable affirmation fût vraie ?

« Bien sûr, dit-il, nous te croirons si tu dis la vérité.

— Tout cela me paraît très excitant, coupa Mick. Mais comment se fait-il que l'ensemble t'appartienne, Claudine ? »

Claude le foudroya du regard et ne répondit pas.

« Excuse-moi, dit Mick, désireux de rattraper sa maladresse. Je ne voulais pas t'appeler Claudine... Je voulais dire "Claude"...

— Continue, Claude... » demanda François en passant son bras sous celui de sa maussade petite cousine.

Celle-ci se dégagea d'un geste brusque.

« Ne fais pas ça, dit-elle. Je ne suis pas encore certaine que je deviendrai votre amie.

— Bon, bon, grommela François qui commençait à perdre patience. Soyons ennemis alors ou ce qu'il te plaira d'être. Peu nous importe. Mais nous aimons beaucoup ta mère et nous ne voulons pas la peiner en lui laissant supposer que nous ne nous entendons pas avec toi.

— C'est vrai ? Vous aimez maman ? demanda Claude dont le regard bleu et étincelant s'adoucit un peu. N'est-ce pas qu'elle est adorable ? Allons... très bien... je vais vous dire pourquoi le château de Kernach m'appartient. Tenez, asseyons-nous ici. »

Tous quatre s'installèrent sur le sable de la plage.

« Voici l'histoire ! commença Claude. Autrefois, la famille de maman possédait presque toutes les terres de ce pays. Puis nos ancêtres furent ruinés et se trouvèrent dans l'obligation de vendre presque tout leur patrimoine. Cependant ils conservèrent cette île, d'abord parce qu'ils y étaient très attachés, et ensuite parce que, avec le temps, le château s'était en partie effondré et qu'il ne trouvait pas acquéreur.

« De tous les biens que possédait jadis la famille de maman, il ne nous reste plus que la *Villa des Mouettes* où nous habitons, une ferme située dans les environs, et enfin l'île de Kernach. Ma mère m'a promis que lorsque je serai grande l'île serait à moi. Elle a ajouté que je pouvais déjà la considérer comme mienne. Comprenez-vous maintenant qu'elle m'appartienne ? C'est mon île à moi et je ne permets à personne d'y aborder sans ma permission. »

Ses trois cousins la dévisagèrent en silence. Ils croyaient sans restriction ce qu'elle venait de dire, car c'était évidemment la vérité.

« Oh ! s'écria Mick. Tu en as de la chance ! Cette île est si jolie ! J'espère que nous compterons bientôt parmi tes amis et que tu nous emmèneras là-bas un jour.

— Ma foi... ce n'est pas impossible, concéda Claude, tout heureuse de l'intérêt qu'elle avait suscité. Je vais y réfléchir. »

Cette déclaration fut suivie d'un petit silence. Le regard des quatre enfants était fixé sur la petite île que l'on apercevait au loin. Comme la marée achevait de descendre, le bras de mer séparant l'île de la terre avait considérablement diminué et Mick demanda soudain s'il n'était pas possible de traverser en pataugeant dans l'eau.

« Non, répondit Claude. Comme je vous l'ai dit, on ne peut aller à l'île qu'en bateau. Elle est plus éloignée qu'elle ne le paraît et l'eau est très, très profonde. De plus, mon domaine est entouré de brisants. Il faut savoir exactement où se faufiler. Toute la côte est dangereuse par ici. Il y a quantité d'épaves dans le coin.

— Des épaves ! s'écria François. Si je te disais que je n'en ai jamais vu de ma vie ! Peut-on en apercevoir quelques-unes ?

— Certaines ont sombré trop profondément. D'autres ont été enlevées. En fait, il n'en reste qu'une seule, de l'autre côté de l'île. On peut distinguer le mât cassé à condition de s'arrêter juste au-dessus. Encore faut-il que ce soit par mer calme et que l'on ait de bons yeux. Cette épave, elle aussi, m'appartient. »

Pour le coup, les enfants eurent du mal à croire Claude.

Mais elle insista :

« Si, si, cette épave est à moi. Il s'agit d'un bateau ayant appartenu à l'un de mes arrière-arrière-grands-pères. Je crois qu'on appelle ça un trisaïeul. Ce navire transportait de l'or — de grosses barres d'or — et il a sombré au large de l'île de Kernach.

— Ooooh... et qu'est devenu l'or ? demanda Annie, follement intéressée.

— Personne ne le sait, avoua Claude. Je suppose qu'on a pillé l'épave et qu'il a été volé. Bien entendu, on a envoyé des scaphandriers mais aucun n'a jamais pu découvrir la moindre parcelle d'or.

— Sapristi, quelle histoire passionnante ! commenta François. Et que j'aimerais jeter un coup d'œil à cette épave !

— Eh bien... nous pourrions peut-être y aller cet après-midi, au moment de l'étale, dit Claude.

— Quel bonheur ! s'écria Annie. Et à présent, Claude, si nous nous baignions ?

— Il faut d'abord que j'aille chercher Dagobert, déclara Claude en se levant d'un bond.

— Qui est Dagobert ? s'enquit Mick.

— Êtes-vous capables de garder un secret ? demanda Claude. Un secret que mes parents ne doivent pas connaître...

— Bien sûr ! Nous serons muets comme des carpes, assura François.

— Dagobert est mon plus grand ami, expliqua Claude. Je ne pourrais pas vivre sans lui. Mais papa et maman ne l'aiment pas, ce qui m'oblige à le voir en cachette. Je vais le chercher... »

Elle s'éloigna en courant.

« Qui diable peut bien être ce Dagobert ? murmura François d'un air intrigué. Sans doute un petit pêcheur du village que les parents de Claude n'aiment pas. »

Étendus sur le sable fin, les trois enfants attendirent patiemment. Soudain, ils entendirent la voix claire de leur cousine derrière eux.

« Dagobert, viens vite ! Viens vite, Dago ! »

Ils se redressèrent pour voir à quoi ressemblait Dagobert mais, au lieu du petit pêcheur qu'ils s'attendaient à trouver, ils aperçurent un grand et gros chien sans race définie, pourvu d'une queue qui n'en finissait pas et dont l'énorme gueule semblait vraiment rire.

L'animal, visiblement fou de joie, bondissait autour de Claude. La petite fille rejoignit ses cousins en courant.

« Je vous présente Dagobert que j'appelle familièrement Dago, dit-elle. N'est-il pas magnifique ? »

Comme chien, il faut l'avouer, Dago n'avait guère droit à un qualificatif aussi élogieux. Ses proportions étaient loin d'être parfaites. Il avait une tête trop grosse, des oreilles trop larges, une queue trop longue et il était absolument impossible de déceler à quelle espèce en particulier cet être étrange appartenait. Mais c'était un animal si plaisant et d'un comportement si amical que les trois jeunes Gauthier se mirent à l'aimer dès le premier coup d'œil.

« Quel bon gros toutou ! s'exclama Annie qui, pour sa peine, reçut un coup de langue sur le nez.

— Oui, il m'a l'air d'une brave bête ! » renchérit Mick en donnant une tape amicale à l'énorme chien qui lui fit immédiatement mille fêtes.

La petite fille sourit et l'expression de son visage changea alors du tout au tout. Sa figure était illuminée et embellie par ce sourire. Elle se laissa tomber sur le sable et Dago s'assit à son côté, lui donnant autant de coups de langue qu'il le pouvait.

« Je l'aime énormément, confessa-t-elle. Je l'ai trouvé un jour sur la lande, alors qu'il n'était encore qu'un petit chien de trois mois et je l'ai ramené à la maison. Au début, maman l'aimait aussi, mais quand Dago a été grand il a commencé à faire des sottises.

— Quelle sorte de sottises ? demanda Annie, très intéressée.

— Eh bien, il a pris la mauvaise habitude de mâchonner tout ce qu'il trouve, expliqua Claude. Il s'est mis à mordiller tous les objets qui lui tombaient sous la dent : une couverture neuve que maman venait d'acheter, son plus joli chapeau, les pantoufles de papa... Et puis, il aboyait. Je ne déteste pas l'entendre donner de la voix, mais papa s'est montré d'un autre avis. Il déclare que des aboiements pareils lui portent sur les nerfs. Chaque fois que Dago aboyait, papa le battait, moi je me mettais en colère et papa se fâchait contre moi. Un jour, papa a déclaré qu'on ne pouvait garder plus longtemps Dago à la villa. Maman lui a donné raison : il fallait me séparer de mon chien. J'ai pleuré plusieurs jours durant... et pourtant, vous savez, ce n'est pas dans mes habitudes. Les garçons ne pleurent jamais et moi je suis comme un garçon. Cependant, la fois dont je vous parle je n'ai pu m'empêcher de hurler lorsqu'il s'est agi de mettre Dago à la porte. J'ai pleuré tant et plus et Dago aussi a pleuré. »

Les enfants considérèrent Dago avec une gravité respectueuse. Ils n'avaient jamais entendu dire qu'un chien pouvait pleurer.

« Tu veux dire... qu'il a versé des larmes véritables ? demanda Annie.

— Non, pas exactement, dit Claude. Mais il a poussé des aboiements pleins de détresse et avait l'air si malheureux que j'en avais le cœur brisé. Et alors j'ai compris qu'il m'était réellement impossible de renoncer à lui. Je suis allée trouver Jean-Jacques, un jeune pêcheur, et je lui ai demandé s'il voulait bien prendre Dago en pension chez lui en échange de tout l'argent de poche que je recevais. Il a bien voulu et le marché a été conclu. Voilà pourquoi je n'ai jamais un sou à dépenser. Toutes mes ressources passent à l'entretien de Dago. Il a un terrible appétit, vous savez... n'est-ce pas, Dago ?

— Ouah ! » répondit Dago en se roulant sur le dos et en agitant frénétiquement les pattes. François lui chatouilla le ventre.

« Comment fais-tu quand tu as envie de bonbons ou de glaces ? demanda Annie qui dépensait presque tout son argent de poche en friandises.

— Je m'en passe, un point c'est tout », dit Claude.

Un tel héroïsme plongea dans l'admiration les autres enfants.

Au même instant retentit au loin la clochette annonçant le passage du marchand de glaces. François fouilla dans sa poche. Puis il bondit sur ses pieds et se précipita en direction du bonhomme tout en faisant sonner gaiement ses piécettes. Quelques minutes plus tard il était de retour, portant avec précaution quatre cornets au chocolat. Il en donna un à Mick, un à Annie et tendit le troisième à Claude. La petite fille secoua héroïquement la tête.

« Non, merci, dit-elle. Rappelle-toi ce que je viens de te dire : je ne peux pas acheter des glaces, ce qui m'empêchera de jamais vous en offrir. Je ne peux donc rien recevoir. Il est malhonnête d'accepter des cadeaux que l'on ne peut pas rendre.

— Tu peux en accepter de nous, déclara François en essayant de lui fourrer le cornet dans la main. Nous sommes tes cousins.

— Non, merci, répéta Claude. Mais je vous remercie beaucoup pour votre gentillesse. Tu es un chic garçon, François. »

Elle le regardait de ses clairs yeux bleus et François se tortura un moment les méninges en cherchant un moyen de faire céder l'obstinée fillette. Brusquement, il sourit.

« Écoute, lui dit-il. Tu possèdes quelque chose que nous désirons partager avec toi... En fait, il y a beaucoup de choses que nous avons envie de partager avec toi si tu veux bien nous le permettre. Alors, je te propose ceci : tu partages avec nous les choses en question et nous partageons avec toi bonbons et glaces. Qu'en dis-tu ? »

Claude considéra son cousin d'un air surpris.

« Je ne vois pas, dit-elle, ce que je peux avoir que vous désirez partager avec moi.

— D'abord, tu possèdes un chien, répliqua François en caressant Dago. Tu pourrais nous le prêter un peu : nous l'aimons déjà beaucoup.

Ensuite, il y a ton île. Ce serait chic si tu nous permettais d'y aller ! Enfin, ton épave... Nous aimerions bien la voir et la partager aussi avec toi. Glaces et bonbons ont bien peu d'attraits comparés à tes richesses... mais nous pourrions peut-être quand même mettre tout en commun. »

Dago leva la tête et comprit que François offrait quelque chose de bon à Claude. Il bondit et donna un grand coup de langue au sympathique garçon.

« Là, tu vois bien... Dago veut aussi sa part ! dit François en riant. Il paraît content d'avoir trois nouveaux amis.

— Oui... on le dirait », répondit Claude. Et, cédant soudain, elle prit la glace au chocolat que lui tendait son cousin. « Merci, François. Je partagerai moi aussi avec vous. Mais promettez-moi que vous ne direz jamais à personne à la maison que j'ai gardé Dago.

— Bien sûr, nous te le promettons, assura François. Cependant, même si ton père et ta mère étaient au courant, je ne pense pas qu'ils s'opposeraient à ta combinaison du moment que Dago ne vit plus sous leur toit. Dis-moi, comment trouves-tu cette glace ? Est-elle bonne ?

— Si elle l'est ! C'est la meilleure que j'aie jamais mangée ! répondit Claude en léchant son cornet. C'est la première que je mange de l'année. Quel régal ! Vous êtes gentils tous les trois, déclara-t-elle, et je suis contente en fin de compte que vous soyez venus. Cet après-midi nous prendrons le bateau et nous ramerons jusqu'à l'île pour jeter un coup d'œil à l'épave. »

Chapitre 4

L'épave mystérieuse

Le bain qui suivit fut apprécié de tout le monde. Les jeunes Gauthier découvrirent vite que Claude nageait infiniment mieux qu'eux. « Tu nous bats tous, et de loin ! » constata François avec admiration.

Quand arriva l'heure du repas de midi, les enfants se sentirent un appétit d'ogre. Ils grimpèrent le sentier de la falaise en espérant que tante Cécile leur servirait un menu soigné. Mme Dorsel ne les déçut pas. Les jeunes convives dévorèrent sans se faire prier. « Que comptez-vous faire cet après-midi ? demanda tante Cécile.

— Claude va nous emmener en bateau de l'autre côté de l'île pour nous montrer l'épave du bateau englouti », répondit Annie. Tante Cécile regarda sa fille d'un air surpris. « Claude va vous emmener en bateau ? répéta-t-elle. C'est à peine croyable. Dis-moi, Claude, que t'arrive-t-il ? Jamais jusqu'à présent tu n'avais consenti à prendre personne à bord de ton canot, et bien que je t'en aie souvent priée... »

Claude ne répondit rien et s'absorba dans la dégustation de son dessert. Elle n'avait d'ailleurs pas prononcé un seul mot de tout le repas. Oncle Henri n'avait pas paru à table, au secret soulagement de ses neveux et nièce.

« Ainsi, reprit tante Cécile, tu vas emmener tes cousins en bateau. Je suis contente que tu t'y sois décidée. »

Claude hocha la tête.

« Je fais ça parce que ça me plaît », déclara-t-elle.

Sa mère se mit à rire.

« Eh bien, je suis ravie que tu te plaises en la compagnie de François, de Mick et d'Annie. J'espère que, de leur côté, ils ont plaisir à être avec toi !

— Oh ! oui, s'écria Annie avec élan. Nous aimons beaucoup Claude et nous aimons également Da... »

Elle avait sur les lèvres le nom de Dago mais ne le prononça pas car, au même instant, elle reçut sur la cheville un coup de pied qui lui fit tellement mal qu'elle laissa échapper un cri de douleur tandis que de grosses larmes lui montaient aux yeux. En même temps, Claude la foudroyait du regard.

« Claude ! Pourquoi as-tu donné un coup de pied à Annie alors qu'elle était précisément en train de dire des choses gentilles sur ton compte ? s'écria tante Cécile. Sors de table tout de suite. Je ne peux supporter que tu te conduises de la sorte ! »

Claude quitta la pièce sans dire un mot et s'en fut dans le jardin, laissant sur son assiette la grosse part de tarte aux pommes qu'elle venait tout juste d'entamer.

Mme Dorsel était véritablement fâchée contre sa fille.

« Finissez votre dessert, dit-elle aux autres enfants. J'imagine qu'en ce moment Claude est en train de bouder. Mon Dieu, qu'elle a donc un caractère difficile ! »

Mais peu importait aux cousins de Claude qu'elle fût ou non en train de bouder. Une seule chose les tracassait : il se pouvait qu'à présent Claude n'ait plus du tout envie de les emmener visiter l'épave !

Le repas s'acheva en silence.

Dès que tante Cécile eut quitté la pièce, Annie ramassa la part de tarte laissée par Claude sur son assiette et se précipita dans le jardin à la recherche de sa cousine. Elle la trouva étendue tout de son long sous un gros arbre au fond du jardin.

« Claude, lui dit-elle vivement, je suis navrée de ma maladresse. Voici ta part de dessert. Je te promets que, dorénavant, je ne prononcerai jamais plus le nom de Dago en public. »

Claude s'assit dans l'herbe.

« J'ai fort envie de ne pas vous emmener visiter l'épave ! » déclara-t-elle.

Annie sentit son cœur se serrer. C'était bien là ce qu'elle avait craint.

« Je comprends, dit-elle avec humilité. Tu as tout à fait raison de ne pas vouloir de moi. Mais les garçons ne t'ont rien fait, eux. Tu n'as aucun motif d'être fâchée contre eux. Emmène-les voir l'épave !... D'ailleurs, ajouta-t-elle en montrant sa jambe, tu m'as donné un rude coup de pied, tu sais. Vois, j'ai déjà un bleu. »

Claude jeta un coup d'œil à la cheville tuméfiée, puis regarda sa cousine.

« Mais n'auras-tu pas du chagrin si j'emmène Mick et François et que je te laisse ? demanda-t-elle.

— Si, bien sûr, répondit Annie. Mais je ne veux pas qu'ils soient privés d'un plaisir par ma faute ! »

Alors Claude fit une chose très surprenante de sa part. Elle déposa un gros baiser sur la joue d'Annie. Aussitôt après elle se sentit tout honteuse, car elle était persuadée qu'aucun garçon n'aurait jamais agi de la sorte. Et elle qui faisait toujours de son mieux pour ressembler à un garçon !

« Allons, ça va ! » dit-elle d'un ton bourru en prenant sa part de tarte des mains d'Annie. « Tu as failli faire une gaffe. Je t'en ai empêchée en te donnant un coup de pied. Nous sommes quittes. Naturellement tu viendras avec nous cet après-midi ! »

Annie revint en courant raconter à ses frères que tout était arrangé et, un quart d'heure plus tard, les quatre enfants dévalaient le sentier conduisant à la grève. Auprès d'un joli canot vernissé se tenait un jeune pêcheur au teint hâlé par le soleil. Il devait avoir environ quatorze ans. Dago frétillait de joie à ses côtés.

« Le bateau est paré, *monsieur* Claude, annonça-t-il dans un sourire.

— Merci », répondit Claude en invitant d'un geste ses cousins à monter à bord.

Dago lui aussi sauta dans l'embarcation. Claude poussa le canot et sauta à son tour. Puis elle prit les rames.

Elle avait un coup d'aviron splendide et le bateau avançait sans heurt sur la mer limpide. L'eau était d'un bleu profond, le soleil d'un or éclatant. Les enfants jouissaient de ce merveilleux après-midi et s'amusaient beaucoup de glisser ainsi sur la baie calme. Dago s'était posté à la proue et aboyait chaque fois qu'un peu d'embrun rejaillissait sur lui.

« Dis donc ! On dirait que l'île se rapproche ! » annonça soudain François en frémissant déjà de plaisir. « Elle est plus grande que je n'aurais cru. Et ce château ! Il me fascine ! »

Le bateau continua d'avancer et les enfants ne tardèrent pas à constater que l'île était défendue par un véritable rempart de rochers pointus qui formaient un cercle presque parfait. À moins de savoir exactement entre lesquels passer, aucun bateau n'avait accès à la grève de l'île. Au milieu de celle-ci, sur une petite éminence, se dressait le vieux château. Il ne restait de sa splendeur passée que des voûtes brisées. des tours effondrées et des murs en ruine. La seigneuriale demeure, autrefois puissante place forte, servait aujourd'hui de gîte aux choucas et aux mouettes qui venaient se percher sur les pans de murailles encore debout.

« Ce château respire le mystère, murmura François qui ne pouvait en détacher ses yeux. Ne pouvons-nous aborder dans l'île cet après-midi même ?

— Non, pas si vous désirez voir l'épave... Il nous faut être de retour à la maison à l'heure du goûter et nous n'aurons déjà pas trop de temps pour aller de l'autre côté de l'île et revenir.

— Ma foi... je crois que j'ai encore plus envie de voir l'épave que le château de Kernach », avoua François.

Une fois l'île contournée, les enfants aperçurent le château sous un autre angle. Le côté qui faisait face à la mer semblait en plus piètre état encore que celui regardant vers la terre.

« C'est que les grands vents viennent du large, expliqua Claude. Il ne reste pas grand-chose du château de ce côté-ci, sauf quelques pans de murs. Mais il existe un bon petit port, tout au fond d'une baie en miniature. Seulement, il faut savoir où il est si on veut l'utiliser. »

Au bout d'un moment, Claude piqua vers le large, laissant l'île de Kernach derrière elle. Soudain, elle s'arrêta et regarda en direction de la côte.

« Comment fais-tu pour repérer l'endroit où se trouve l'épave ? demanda François, très intrigué. Ce ne doit pas être commode !

— Vois-tu ce clocher, là-bas, sur la terre

ferme ? répondit Claude. Et vois-tu aussi le sommet de cette colline, un peu plus sur la droite ?... Eh bien, lorsque tous deux se trouvent placés sur une même ligne et qu'on les aperçoit entre les deux tours du château, alors tu peux être sûr que tu te trouves juste au-dessus de l'épave. »

En effet, en regardant entre les deux tours du château de Kernach, les enfants virent que celle de l'église et la colline au-delà étaient pratiquement sur une même ligne. Alors, ils se mirent à fouiller des yeux les profondeurs marines.

L'eau était calme et sa surface lisse à miracle. Le vent avait cessé de souffler. Dago lui aussi regardait dans l'eau, la tête penchée sur le côté, les oreilles dressées, comme s'il eût compris de quoi il s'agissait.

« Nous ne sommes pas tout à fait à l'à-pic de l'épave, constata Claude en se penchant par-dessus bord. L'eau est si claire aujourd'hui que nous pourrons voir à une bonne profondeur. Attendez, je vais ramer un peu plus à gauche.

— Ouah ! » aboya soudain Dago en remuant frénétiquement la queue.

Et, à cet instant précis, les enfants entrevirent quelque chose au-dessous d'eux.

« C'est l'épave ! cria François exultant de joie. J'aperçois un morceau du mât brisé. Regarde, Mick, regarde ! »

Les quatre enfants et le chien, penchés au-dessus de l'eau claire, en fouillaient du regard les profondeurs. Au bout de quelques instants ils arrivèrent à distinguer avec assez de netteté les contours d'une coque sombre d'où jaillissait le mât cassé.

« Pauvre vieux bateau ! murmura François. Claude, j'aimerais bien plonger pour aller le voir de plus près.

— Et pourquoi pas ? rétorqua Claude. Tu as ton maillot de bain sur toi ? Bon, moi aussi. Alors, comme pour ma part j'ai déjà souvent plongé ici, je t'accompagnerai si tu veux... »

Quelques instants après, ils étaient en maillot. Claude exécuta un splendide plongeon en piquant une tête depuis la proue. Les autres la virent nager sous l'eau : elle progressait par brasses puissantes, tout en retenant sa respiration.

Elle remonta peu après, à bout de souffle.

« Je suis presque descendue jusqu'à l'épave, annonça-t-elle. Elle est toujours dans la position où je l'ai vue la dernière fois. Je voudrais bien pouvoir entrer dans le bateau même. Mais je n'emmagasine jamais assez d'air pour y arriver. Tu plonges avec moi cette fois-ci, François ? »

Et François plongea... Malheureusement il était moins habile à nager sous l'eau que sa cousine et ne put descendre aussi loin. Cependant, il savait tenir ses yeux ouverts et eut ainsi la possibilité d'apercevoir la fameuse épave. Elle lui parut étrange. Sa vue lui donnait une impression de malaise. Aussi fut-il très content de remonter à la surface où il remplit ses poumons d'air frais et reçut la chaude caresse du soleil sur les épaules. Il se hissa à bord du canot. « C'est passionnant mais lugubre ! annonça-t-il à son frère et à sa sœur. Quel malheur qu'on ne puisse pas visiter à fond cette épave ! J'aimerais tant pénétrer à l'intérieur et jeter un coup d'œil aux cabines !

— C'est impossible, affirma Claude. Je vous ai déjà dit que des plongeurs de métier avaient passé une méticuleuse inspection de ce bateau. Ils n'ont jamais rien trouvé... Quelle heure est-il ? Oh ! là ! là ! nous allons être en retard si nous ne nous pressons pas un peu ! »

Ils firent aussi vite que possible et arrivèrent presque à temps pour le goûter. Une fois restaurés, ils sortirent faire une promenade sur la lande. Dago, là encore, fut de la partie. Il ne quittait pas les enfants d'une semelle. Bref, le soir venu, les quatre amis se sentirent si fatigués que leurs yeux se fermaient malgré eux.

« Bonne nuit, Claude ! dit Annie en se glissant entre ses draps frais. Nous avons passé une excellente journée... grâce à toi !

— Moi aussi, j'ai passé une agréable journée, répondit Claude d'un ton bourru, grâce à *vous* ! Je suis contente que vous soyez venus ici pour les vacances. Nous allons bien nous amuser tous les quatre. Je crois que mon château et ma petite île vous plairont ! »

Chapitre 5

Visite à l'île

Le lendemain, tante Cécile prépara un repas froid. Elle avait projeté d'accompagner les enfants jusqu'à une petite crique des environs où ils auraient la possibilité de se baigner et de patauger à loisir. Le temps s'annonçait splendide et le programme de la journée était agréable. Malgré tout, dans le secret de leur cœur, François, Mick et Annie auraient bien préféré aller visiter l'île de Claude. Cela leur aurait fait mille fois plus de plaisir.

Pourtant, le pique-nique se déroula sans histoire et les enfants se baignèrent à plusieurs reprises. Il faisait si bon nager parmi les vagues claires, sous le beau soleil brillant ! Claude, faisant preuve de gentillesse, apprit à Annie la manière de bien nager. La petite n'arrivait pas à coordonner les mouvements de ses bras et de ses jambes, et Claude éprouva quelque fierté lorsque, grâce à elle, sa cousine eut enfin triomphé de cette difficulté.

Sur le chemin du retour, Claude s'arrangea pour parler à François en aparté.

« Écoute, voudrais-tu dire que tu vas acheter un timbre ou quelque chose comme ça ? demanda-t-elle. Parce que, alors, je pourrais aller avec toi et en profiter pour passer dire un petit bonjour à ce vieux Dago. Il doit se désoler de ne m'avoir pas vue de la journée.

— Entendu ! promit François. Je n'ai aucun besoin de timbres, mais je trouverai facilement l'emploi d'une glace ! Mick et Annie peuvent rentrer avec tante Cécile et porter les paquets. Attends, je vais prévenir ta mère ! »

En courant, il rattrapa Mme Dorsel.

« Est-ce que je peux aller acheter des glaces ? demanda-t-il. J'aurai vite fait. Et Claude peut-elle venir avec moi ?

— Je serais étonnée qu'elle veuille t'accompagner, répondit tante Cécile, mais tu peux toujours le lui demander.

— Claude ! Viens avec moi ! » cria François à pleins poumons en s'engageant au pas de course dans le petit sentier conduisant au village.

Claude eut un bref sourire et se mit à courir pour rattraper son cousin. Arrivée à sa hauteur, elle le remercia avec chaleur.

« Tu m'as vraiment rendu service ! lui dit-elle.

À présent, va acheter tes glaces pendant que je rendrai visite à Dago. »

Ils se séparèrent. François fit l'emplette de quatre crèmes glacées et reprit sans se presser le chemin de la *Villa des Mouettes*. Claude le rejoignit en courant au bout de quelques instants.

Le visage de la fillette rayonnait de joie.

« Dag va bien ! annonça-t-elle. Tu ne saurais croire le plaisir qu'il a eu à me voir ! Il a fait des bonds terribles ! Comment... une autre glace pour moi ? Tu es un chic garçon, François. Il va falloir que je me dépêche de partager quelque chose avec toi. Si nous allions visiter mon île demain ? Qu'en dis-tu ?

— Magnifique ! s'écria François dont les yeux se mirent à briller de joie. Eh bien, allons vite prévenir les autres ! »

Les quatre enfants restèrent dans le jardin pour déguster leurs glaces. François transmit à Mick et à Annie l'invitation de Claude. La nouvelle fut accueillie par des cris de plaisir. Claude était enchantée. Jusqu'ici, elle avait eu le sentiment de son importance chaque fois qu'elle avait refusé d'emmener les enfants du voisinage visiter l'île de Kernach. Mais à présent il lui semblait mille fois plus agréable encore d'avoir accepté d'y conduire ses cousins.

Les enfants ne cessèrent de parler avec enthousiasme de l'excursion projetée pour le jour suivant. Leur tante les entendit et sourit.

« Ainsi, dit-elle, Claude se propose de vous emmener sur son île. Je suis contente qu'elle partage quelque chose avec vous... Dites-moi, aimeriez-vous emporter votre déjeuner là-bas et y passer la journée ?

— Oh ! tante Cécile ! Quelle bonne idée ! » s'écria Annie.

Claude regarda sa mère.

« Viendras-tu avec nous, maman ? demanda-t-elle.

— Tu n'as pas l'air de beaucoup désirer ma présence, répondit Mme Dorsel d'un ton peiné. J'ai d'ailleurs constaté qu'hier, lorsque j'ai annoncé que je vous accompagnerais au pique-nique, tu as paru contrariée. Sois donc contente... Non, je n'irai pas avec vous demain ! Mais je suis persuadée que tes cousins pensent que tu es une drôle de fille pour ne jamais désirer que ta mère partage tes plaisirs. »

Les autres enfants ne dirent rien. Ils savaient que si leur cousine ne tenait pas à voir sa mère les accompagner c'était uniquement parce qu'elle voulait emmener Dago.

Le lendemain matin, dès le réveil, les trois petits Gauthier inspectèrent le ciel avec appréhension. Mais non ! Le soleil était aussi brillant que la veille et la journée s'annonçait splendide.

« Quel beau temps ! dit Annie à Claude tout en s'habillant. Il me tarde de faire la connaissance de ton île ! »

Les enfants descendirent pour le petit déjeuner. Claude demanda à sa mère s'ils pourraient emporter un repas froid comme elle-même l'avait proposé la veille.

« Oui, répondit tante Cécile. Annie et toi, vous

m'aiderez à faire les sandwiches. De leur côté, les garçons iront au jardin choisir des prunes bien mûres pour votre dessert. Quand tu en auras fini avec la cueillette des fruits, François, tu pourras faire un saut au village et en ramener quelques bouteilles de bière et de limonade. »

On se mit enfin en route. Les provisions se trouvaient réparties dans deux grands sacs. Avant toute chose, on passa prendre Dago. Le chien était attaché dans une petite cour, derrière la maison de Jean-Jacques. Le jeune pêcheur était là lui aussi et il sourit à Claude.

« Bonjour, monsieur Claude », dit-il avec entrain. François, Mick et Annie ne purent s'empêcher de penser qu'il était étrange d'entendre appeler Claudine « monsieur Claude ».

« Savez-vous, reprit Jean-Jacques, que Dago est déchaîné depuis ce matin ? Il ne cesse d'aboyer. Je crois qu'il a deviné que vous alliez l'emmener en excursion.

— Bien sûr qu'il l'a deviné ! » affirma Claude en détachant son chien.

Sitôt libre, l'animal parut devenir fou de joie. Il se mit à courir en rond autour des enfants, queue et oreilles au vent.

Enfin il se calma un peu et se mit à trotter au côté de Claude tandis que les enfants dévalaient le sentier de la falaise. Arrivés sur la plage, les quatre enfants grimpèrent dans le canot et Claude s'empara des rames. Jean-Jacques leur fit adieu de la main.

« Vous ne resterez pas trop longtemps dehors, n'est-ce pas ? leur cria-t-il. Un grain se prépare. Et un fameux encore, à ce qu'il me semble ! »

Claude tint à ramer tout le temps, jusqu'à l'île. Dago allait d'un bout du canot à l'autre, aboyant à chaque grosse vague. Les enfants regardaient l'île se rapprocher. Elle leur semblait encore plus impressionnante que l'avant-veille.

« Claude, où comptes-tu aborder ? demanda François. Je t'admire de retrouver ainsi ton chemin parmi tous ces rochers à fleur d'eau. J'ai tout le temps peur que notre bateau ne se brise dessus.

— Je vais jeter l'ancre dans cette petite crique dont je t'ai parlé l'autre jour, expliqua Claude. Il n'existe qu'un seul passage permettant de l'atteindre, mais je le connais très bien. »

Avec habileté, la fillette manœuvra l'embarcation entre les rochers et, tout à coup, comme elle venait de dépasser un endroit particulièrement dangereux, ses cousins aperçurent la crique en question. Elle formait un petit havre naturel, aux eaux calmes, bien abrité par de hauts rochers sur deux côtés, et limité par une plage de sable fort hospitalière.

« Sapristi ! Que ce coin est donc joli ! » s'écria François.

Claude regarda son cousin et ses yeux se mirent à briller. Leur bleu était plus éclatant que celui de la mer. C'était la première fois qu'elle emmenait quelqu'un sur son île bien-aimée et elle en éprouvait une joie extrême.

Le canot accosta la plage de sable doré.

« Nous voici enfin sur l'île ! » s'écria Annie en sautant à terre. Dago la rejoignit et commença à bondir aussi follement qu'elle. Les autres enfants éclatèrent de rire. Claude tira son canot aussi haut qu'elle le put sur le sable.

« Pourquoi si haut ? demanda François en l'aidant.

— Je m'attends à une tempête, répondit Claude. Si elle survient, la baie elle-même ne sera pas à l'abri de grosses vagues et nous n'avons pas envie de perdre notre bateau, pas vrai ?

— Bien sûr...

— Explorons l'île ! Explorons l'île ! » cria Annie qui était arrivée tout en haut du petit port naturel en escaladant les rochers qui l'encerclaient. « Dépêchez-vous de venir me rejoindre ! »

Les trois autres la suivirent... L'endroit était vraiment passionnant à visiter. Des lapins s'ébattaient en liberté un peu partout. Ils se dispersèrent de côté et d'autre à la vue des arrivants mais sans pour autant se réfugier dans leur terrier.

« Ils ne semblent guère farouches ! constata Mick d'un ton surpris.

— Ma foi, personne ne vient jamais ici... que moi ! répondit Claude. Et j'ai grand soin de ne pas les effrayer. Dago ! Dago ! Si tu cours après les lapins, je vais te punir ! »

Dago tourna vers sa maîtresse un regard lamentable. Lui et Claude s'entendaient sur toutes choses excepté sur le chapitre des lapins.

« Voici le château ! annonça François. Allons-nous le visiter tout de suite ? J'aimerais bien !

— Oui, consentit Claude... Regardez... Ici se trouvait jadis l'entrée principale. On passait sous cette voûte aujourd'hui à demi effondrée. »

Les enfants contemplèrent longuement l'arche gigantesque qui se dressait devant eux. Au-delà on apercevait les marches de pierre d'un escalier en ruine conduisant au centre du château.

« Le château était jadis entouré de murailles très épaisses et flanqué de deux tours, expliqua Claude. Une des tours a presque entièrement disparu, mais l'autre est encore en assez bon état. Des choucas y nichent. Ils l'ont encombrée de bûchettes et de brindilles. »

Tandis que les promeneurs se dirigeaient vers celle des tours qui était encore debout, des choucas se mirent à décrire des ronds au-dessus d'eux en croassant d'horrible manière. Dago exécuta des sauts, comme s'il eût voulu les attraper, et les enfants se moquèrent de lui.

« Nous voici arrivés au centre du château », dit Claude en franchissant une porte en ruine. Ses cousins la suivirent dans ce qui semblait être une grande cour, dallée de pierres à moitié enfouies sous les herbes.

« Cette cour était jadis une grande salle où les châtelains avaient coutume de se tenir. Par ici, on peut encore voir où se trouvaient les chambres... Regardez ! En voici une presque habitable... Mais oui, passez par cette petite porte et vous la verrez ! »

La petite troupe suivit les indications de Claude et ils se retrouvèrent tous dans une salle obscure, aux murs et au toit de pierre. À l'une de ses extrémités, un vaste emplacement indiquait l'endroit où se trouvait jadis la cheminée. La pièce n'était éclairée que par deux étroites ouvertures tenant lieu de fenêtres. De l'ensemble se dégageait une impression d'étrangeté et de mystère.

« Quel dommage que ce château soit en si piteux état ! soupira François. Cette salle paraît être la seule à demeurer à peu près intacte... »

Il sortit, entraînant ses compagnons.

« Existe-t-il des oubliettes ? demanda Mick.

— Je suppose que oui, dit Claude. Cependant personne n'a jamais pu les découvrir... Le sol est trop envahi par les mauvaises herbes !

— C'est égal, je trouve cet endroit charmant, moi ! déclara Annie. Charmant et ravissant !

— Tu le penses vraiment ? questionna

Claude, enchantée. Voilà qui me fait plaisir... Regardez ! Nous voici à présent de l'autre côté de l'île, face à la mer. Voyez-vous ces rochers, là-bas, avec de gros oiseaux posés dessus ? »

Les enfants aperçurent quelques grosses roches émergeant des flots. D'étranges oiseaux d'un noir brillant trônaient au sommet.

« Ce sont des cormorans, expliqua Claude. Tiens, tiens ! Les voilà qui s'envolent tous à la fois. Je me demande bien pourquoi ! »

Claude ne tarda pas à recevoir une réponse à sa question. Brusquement, du sud-ouest, un terrible grondement s'éleva...

« Le tonnerre ! s'écria Claude. C'est le début de la tempête. Elle a éclaté plus tôt que je n'aurais cru ! »

Chapitre 6

Et la tempête fit un miracle

Lorsque les enfants s'étaient mis en route, le ciel était couleur d'azur. À présent, il virait presque au noir et de gros nuages sombres couraient à basse altitude. Ils avaient l'air de fuir comme si un ennemi invisible les poursuivait. Le vent hurlait si lugubrement qu'Annie se sentit effrayée.

« Voilà la pluie qui arrive ! annonça François. Nous ferions bien de nous mettre à l'abri. Qu'en dis-tu, Claude ? Nous allons nous faire tremper si nous restons ici.

— Oui, attends une minute, répondit Claude. Vois donc la grosseur des vagues qui envahissent la baie. Tirons notre canot plus haut encore ! Cette tempête s'annonce formidable. En été, vous savez, elles sont quelquefois pires qu'en hiver. »

François et elle se mirent à courir vers l'endroit où ils avaient laissé le bateau... Claude avait eu raison de prévoir le pire : déjà des vagues énormes cherchaient à entraîner la petite embarcation.

Suivant une pente douce latérale, les deux enfants tirèrent le bateau presque jusqu'au sommet de la falaise où Claude l'attacha solidement à une souche enracinée dans les rochers.

À présent il pleuvait à seaux.

« J'espère que les autres auront eu assez de jugeote pour se réfugier dans la salle qui possède un toit et des murs », dit Claude en prenant sa course vers le vieux château.

Ainsi qu'elle l'avait supposé, c'est là qu'elle retrouva Mick et Annie. Tous deux avaient l'air gelés et effrayés.

« Je n'ai jamais entendu l'océan faire un aussi terrible vacarme, constata Annie. Non, en vérité, jamais ! Je crois qu'il lui serait impossible de faire plus de bruit ! »

Elle n'avait pas tout à fait tort. Avec le hurlement du vent et le fracas des grosses vagues autour de la petite île, c'est à peine si les enfants pouvaient s'entendre ! Il leur fallait crier pour se faire comprendre.

« Déjeunons ! hurla Mick auquel l'émotion n'arrivait jamais à couper l'appétit. Nous ne pouvons rien faire de mieux, avec cette terrible tempête.

— Ma foi, tu as raison ! » opina Annie en jetant un regard de convoitise aux alléchants sandwiches.

« Ce sera amusant de pique-niquer ici, dans cette pièce sombre et ancienne. Je me demande depuis combien de temps il n'y est pas venu de convives. Je voudrais bien rencontrer ces gens !

— Pas moi ! » affirma Mick avec un certain malaise. On aurait presque dit qu'il s'attendait à voir des personnages du temps jadis entrer dans la pièce pour partager son repas. « Cette tempête est assez sinistre sans que l'on parle encore de choses comme ça. Rencontrer des spectres ! En vérité... »

Tous se sentirent beaucoup mieux quand ils eurent dévoré leurs sandwiches et bu de la limonade.

Dago ne semblait guère apprécier la tempête. Il s'était assis tout contre Claude, les oreilles dressées, et il grognait chaque fois qu'un coup de tonnerre ébranlait les vieux murs. Les enfants lui donnaient de temps à autre à manger, car lui aussi avait grand-faim.

Comme dessert, outre les prunes, chacun des enfants avait droit à quatre biscuits.

« Je crois que je vais donner tous les miens à Dago, dit Claude. Je n'ai pas pensé à apporter les biscuits de chien qu'il mange d'habitude et le pauvre a l'air si affamé !

— Non, ne fais pas ça ! intervint François. Nous allons chacun lui donner un biscuit. *Ça* lui en fera quatre en tout et il nous restera encore trois biscuits par personne. C'est bien suffisant !

— Vous êtes vraiment gentils. Dis-moi, Dago, n'est-ce pas qu'ils sont très gentils ?

— Ouah ! » aboya Dago qui semblait tout à fait de l'avis de sa petite maîtresse. Et, pour prouver son affection, il donna de grands coups de langue à tout le monde, encore et encore, ce qui fit bien rire les enfants. Alors, fou de joie, il se mit sur le dos et permit à François de lui chatouiller le ventre.

Un peu plus tard, François sortit dans la tempête. Dehors, il se tint un moment debout, immobile, la pluie ruisselant sur sa tête nue.

L'orage semblait à présent se déchaîner juste au-dessus du vieux château. Un éclair flamboya dans les nues, presque aussitôt suivi d'un coup de tonnerre. François n'avait pas peur de la tempête en général, mais celle-ci l'impressionnait. Elle était vraiment formidable. Les éclairs déchiraient le ciel environ toutes les trente secondes et le tonnerre grondait si fort qu'on aurait cru entendre des montagnes entières s'écrouler.

« Il faut à tout prix que j'aille voir à quoi ressemblent les vagues, songea le jeune garçon. Si leur écume arrive jusqu'à moi, elles doivent atteindre une grosseur monstrueuse ! Je me demande comment nous allons pouvoir rentrer... ce soir. Bah ! Annie a déjà posé la question et Claude a répondu que les grains de ce genre étaient de courte durée. » François quitta donc l'enceinte du château et se mit à grimper sur l'un des remparts en ruine. Une fois arrivé au sommet, il s'y tint debout, ses regards dirigés vers le large. Le spectacle qui s'offrait à lui dépassait tout ce qu'il avait imaginé.

Les vagues ressemblaient à de grands murs liquides couleur gris-vert. Elles se ruaient à l'assaut des rochers qui entouraient l'île de Kernach et l'écume jaillissait alors d'un blanc cru et miroitant contre le ciel d'orage. Celles qui venaient s'écraser contre l'île elle-même se précipitaient avec une telle force contre la falaise que François pouvait sentir l'effet de ces coups de bélier : le mur tremblait sous ses pieds. Et soudain, tandis qu'il regardait déferler les grosses vagues, il aperçut quelque chose de très curieux...

L'objet se détachait sur la mer, au-delà de la barrière des brisants. On le voyait ballotté par les vagues. C'était une masse sombre, assez grosse, qui semblait avoir jailli du sein des flots et cherchait à retrouver son équilibre. Qu'est-ce que cela pouvait bien être ? « Il ne peut s'agir d'un bateau », se dit François en lui-même. Cependant le jeune garçon sentait son cœur battre plus vite tout à coup, et son regard s'efforçait désespérément de percer le double rideau de la pluie et de l'embrun.

« Non, ce ne peut être un bateau et pourtant cette chose ressemble bien à un navire. Quel malheur si c'en était vraiment un ! Assurément personne à bord ne pourrait échapper à cette terrible tempête ! »

Il continua un long moment à guetter l'objet inconnu. La masse sombre reparut au sommet d'une vague, puis disparut de nouveau dans un creux. François se décida alors à aller prévenir les autres. Il entra en courant dans la petite salle.

« Claude ! Mick ! Il y a quelque chose de bizarre qui flotte sur la mer, au-delà des brisants, au large de l'île ! cria-t-il de toute la force de sa voix. Ça ressemble à un bateau ! Venez vite voir ! »

Les trois enfants le regardèrent d'un air surpris puis se mirent vivement debout et se précipitèrent sur les talons de François.

Dehors, il pleuvait toujours mais la tempête semblait pourtant s'être un peu apaisée. Les éclairs s'espaçaient petit à petit et les roulements du tonnerre se faisaient plus lointains. François conduisit la petite troupe jusqu'au mur sur lequel il s'était hissé pour voir la mer.

Les trois autres grimpèrent à leur tour et contemplèrent avec curiosité l'immensité liquide. Ils ne virent d'abord que les gigantesques vagues gris-vert qui accouraient à l'assaut de la terre du fin fond de l'horizon. Elles venaient s'écraser sur les récifs et se ruaient sur l'île comme si elles eussent voulu l'engloutir. Annie s'accrocha au bras de François. Elle se sentait perdue et effrayée.

« Tout va bien, Annie. N'aie pas peur ! » hurla François pour dominer le bruit de la tourmente. « Regarde plutôt là-bas... Tu vas voir quelque chose d'étrange dans une minute ou deux... »

Quatre paires d'yeux suivirent la direction qu'il indiquait. Cette fois encore, les enfants ne virent rien, car les vagues montaient si haut qu'elles leur bouchaient la vue.

Et puis, soudain, Claude entrevit quelque chose.

« Regardez ! s'écria-t-elle. C'est bien un

bateau ! Oui, c'en est un ! Et ce n'est pas un petit voilier ou un simple bateau de pêche ! »

Les quatre enfants continuèrent à surveiller la forme mouvante, et Dago se mit à aboyer en l'apercevant à son tour. L'étrange navire était ballotté sur les flots à droite et à gauche. Cependant, il semblait que les vagues le rapprochaient de l'île.

« Il va se briser sur les récifs, annonça François brusquement. Voyez... il pique droit sur les rochers ! »

Il avait à peine fini de parler que le bateau, avec un craquement sinistre, alla se fracasser sur les rocs qui protégeaient l'île au sud-ouest.

« Le voilà immobilisé, dit Claude. Je ne pense pas qu'il bouge, à présent. La marée ne va pas tarder à redescendre, et la coque restera sans doute calée sur les rochers. »

Tous continuaient à regarder le bateau échoué sur les rocs. Soudain, un rayon de soleil tomba en plein dessus et l'éclaira.

« Ce bateau semble bizarre, dit François. Oui, je lui trouve quelque chose d'étrange. Je n'ai jamais vu aucun navire de ce genre. »

Claude considérait le bateau naufragé d'un air intrigué. Soudain, une petite flamme s'alluma au fond de ses prunelles bleues. Elle se tourna vers ses cousins et ceux-ci furent stupéfaits de voir ses yeux devenus si brillants.

« Eh bien, qu'y a-t-il ? demanda François en lui prenant la main.

— François... oh ! François !... C'est mon épave ! » s'écria Claude d'une voix aiguë, vibrante d'enthousiasme. « Comprends-tu ce qui est arrivé ? La tempête a dégagé le navire du fond sur lequel il reposait et il est remonté à la surface. Alors les vagues l'ont drossé sur les rochers. Je te dis que c'est mon épave ! »

Très vite, les autres se rendirent compte que Claude avait raison. C'était bien le vieux bateau naufragé qui s'offrait à leur vue. Pas étonnant qu'il leur ait paru si bizarre ! C'était un navire de l'ancien temps, à la silhouette très particulière. C'était l'épave, surgie des profondeurs où elle dormait depuis si longtemps, et venue s'échouer tout près d'eux...

Chapitre 7

Retour à la « Villa des Mouettes »

Les enfants étaient tellement surpris qu'ils demeurèrent silencieux pendant quelques instants. Ils ne pouvaient détacher leurs yeux de l'épave sombre, se demandant tout bas ce qu'ils découvriraient à l'intérieur. Puis, François prit le bras de Claude et le serra avec force.

« N'est-ce pas formidable ? » murmura-t-il. Claude continua à se taire, fascinée par l'épave. Mille pensées tourbillonnaient dans son esprit. Puis elle se tourna vers son cousin. « Qui sait si l'épave m'appartient encore à présent qu'elle est remontée à la surface ! soupira-t-elle. J'ignore si les épaves ne reviennent pas à l'État. En tout cas, ce bateau était jadis la propriété de ma famille. Personne ne s'en est beaucoup soucié quand il était au fond de l'eau... mais crois-tu qu'on me le laissera maintenant qu'il est de nouveau à flot ?

— C'est simple ! Ne disons rien à personne ! proposa Mick.

— Ne sois pas stupide, grommela Claude. Il est évident que le premier pêcheur qui viendra dans les parages repérera l'épave et en parlera aux autres. La nouvelle ne tardera pas à être connue de tout le monde.

— Eh bien, alors, dépêchons-nous d'explorer ce vieux navire avant que personne puisse y grimper ! suggéra Mick. Personne n'est encore au courant... Nous pourrons monter à bord dès que la marée sera basse.

— Ne te fais pas d'illusions, répondit Claude. Il est impossible d'atteindre l'épave à pied. Il sera sans doute assez facile de l'approcher avec notre canot mais en ce moment le risque est encore trop grand : la mer est toujours grosse.

— Dans ce cas, pourquoi ne pas revenir ici demain matin de bonne heure ? proposa François. Je pense que d'ici là personne ne viendra rôder de ce côté. J'ai idée que si nous pouvons être les premiers à monter à bord nous y trouverons quelque chose... pour autant qu'il y ait quelque chose à découvrir !

— Oui, c'est possible, répondit Claude. Je vous ai dit que des scaphandriers avaient plongé et visité l'épave aussi bien qu'ils l'avaient pu, mais je suppose que de telles recherches ne sont pas très faciles au fond de la mer. Il se peut que quelque chose leur ait échappé... Toute cette histoire me fait l'effet d'un rêve. Je ne peux pas arriver à croire que ma vieille épave soit remontée à la surface comme cela ! »

Le soleil, à présent, avait reparu pour de bon et les vêtements mouillés des enfants commençaient à sécher. Une légère vapeur se dégageait des chandails et des blue-jeans... et même des poils du brave Dago.

Un moment encore les quatre enfants se régalèrent du spectacle offert par le bizarre vieux navire, puis ils reprirent la visite de l'île, si fâcheusement interrompue par la tempête.

L'île de Kernach était loin d'être vaste, mais elle offrait un énorme intérêt avec sa côte rocheuse, son port abrité, le château en ruine, la tribu jacassante des choucas et enfin les amusants lapins sauvages qui couraient de tous côtés.

« J'adore cet endroit, confia Annie à sa cousine. Je l'adore... il n'y a pas d'autre mot ! De quelque côté qu'on se tourne, on aperçoit la mer. Je n'ai jamais rien vu d'aussi joli ! »

En écoutant Annie, Claude éprouvait une joie profonde. Elle avait conduit ses cousins dans son domaine enchanté... et celui-ci, à présent, ne lui en semblait que plus merveilleux encore. Pour la première fois, Claude commençait à comprendre qu'on double son plaisir en le partageant avec quelqu'un.

« Attendons encore un peu que les vagues se calment, conseilla-t-elle, puis nous rentrerons à la maison. Je crois qu'il va se remettre à pleuvoir et nous allons encore nous mouiller. Il ne faut pas compter être là-bas pour l'heure du goûter : nous aurons à ramer avec la marée contre nous, vous savez ! »

Après toutes leurs aventures de la matinée, les quatre enfants ressentaient la fatigue. Durant le trajet de retour, ils n'échangèrent que de rares paroles. Chacun à tour de rôle souqua dur aux avirons, excepté Annie qui n'était pas assez forte pour ramer contre le flot. De temps à autre, tout en s'éloignant de l'île, ils se retournaient pour jeter un coup d'œil. D'où ils se trouvaient à présent ils ne pouvaient apercevoir l'épave, échouée sur la côte ouest, face au large.

« C'est une chance qu'elle soit de ce côté, déclara François. Comme ça, personne ne peut la voir de la terre. Et nous reviendrons l'explorer demain de si bonne heure qu'aucun pêcheur n'aura encore pris la mer. Je propose que nous nous levions dès l'aube.

— Oui, ce sera assez tôt, acquiesça Claude. Mais aurez-vous le courage de vous tirer du lit ? Il m'arrive parfois de sortir dès le petit jour, mais cela n'est pas dans vos habitudes, je crois ?

— Ne t'inquiète pas, répondit François. Nous nous réveillerons à l'heure... Ah ! nous voici enfin presque arrivés. Ça me fait rudement plaisir, vous savez ! Je ne sens plus mes bras à force de tirer sur les avirons. Et puis j'ai une telle faim que je me crois capable de dévorer toutes les provisions de tante Cécile.

— Ouah ! » aboya Dago pour exprimer une opinion semblable.

« Il faut que je ramène Dag à Jean-Jacques, déclara Claude en sautant hors du canot. Tire le bateau sur la plage, François. Je vous rejoins dans quelques minutes. »

Un peu plus tard les quatre enfants se trouvèrent réunis à la table du goûter. Tante Cécile leur avait distribué de grands bols de chocolat fumant qu'ils dégustèrent avec des tartines beurrées et un énorme cake préparé tout spécialement à leur intention.

« Avez-vous passé une bonne journée ? demanda tante Cécile quand son petit monde fut enfin rassasié.

— Oh ! oui, répondit Annie avec vivacité. Nous avons assisté à une magnifique tempête, et nous avons vu s'écraser sur les rochers... »

François et Mick lui donnèrent en même temps un coup de pied sous la table. Claude essaya bien d'en faire autant de son côté mais elle était trop loin d'Annie pour l'atteindre. Celle-ci jeta un regard furieux à ses frères et des larmes lui montèrent aux yeux.

« Allons, bon, que se passe-t-il ? s'inquiéta tante Cécile. Quelqu'un t'a-t-il donné un coup de pied, Annie ? En vérité, mes enfants, voilà des manières que je ne tolérerai pas. Si vous continuez ainsi, la pauvre Annie va se trouver couverte de bleus. Qu'est-ce que vous avez vu s'écraser sur les rochers, ma chérie ?

— Des vagues hautes comme des maisons », expliqua Annie en jetant un regard de défi aux autres. Elle comprenait bien que tous trois s'étaient attendus à lui entendre dire « l'épave de Claude » mais pas un seul instant elle n'en avait eu l'intention. Ils s'étaient trompés et lui avaient donné des coups de pied sans raison valable.

« Pardonne-moi de t'avoir fait mal, s'excusa François. Mon pied a glissé.

— Le mien aussi, ajouta Mick. Oui, tante Cécile, nous avons été témoins d'une tempête formidable sur l'île. Les vagues accouraient si grosses qu'elles ont eu tôt fait d'envahir le petit port. Nous avons été obligés de tirer notre canot jusqu'en haut de la falaise pour le mettre à l'abri. »

Là-dessus les enfants allèrent jouer dans la pièce contiguë à la salle à manger. Avisant une table, François la retourna avec fracas. « Nous allons jouer aux épaves, annonça-t-il. Cette table figurera un bateau naufragé que nous explorerons. » La porte s'ouvrit toute grande derrière lui, livrant passage à une personne visiblement furieuse. C'était le père de Claude ! « Que signifie tout ce bruit ? demanda l'oncle Henri, Claude ! Est-ce toi qui as retourné ce meuble ?

— Non, mon oncle. C'est moi ! avoua François avec franchise. J'avais oublié que vous travailliez.

— Continuez comme ça et je vous condamne à passer au lit toute la journée de demain ! fulmina l'oncle Henri. Claudine ! Veille à faire tenir tranquille tes cousins ! »

La porte se referma sur M. Dorsel. Les enfants échangèrent des regards consternés.

« Ton père est bien sévère ! constata François. Je suis navré d'avoir fait tant de bruit. Ça m'apprendra !

— Amusons-nous à un jeu tranquille,

conseilla Claude, sinon papa mettra sa menace à exécution et nous serons obligés de rester couchés demain alors que nous sommes si impatients de visiter l'épave. »

C'était là une terrible perspective. Silencieusement, Annie alla chercher une de ses poupées et se mit à jouer.

François, de son côté, prit un livre. Claude s'empara d'un joli petit bateau qu'elle s'occupait à façonner dans un morceau de bois durant ses moments de loisir. Mick, lui, se contenta de s'étaler dans un fauteuil en songeant à leur expédition du lendemain.

Dehors, la pluie tombait sans arrêt, mais les quatre enfants espéraient bien qu'elle cesserait avant le matin.

« Il faudra que nous soyons debout de très bonne heure, rappela soudain Mick en bâillant. Je propose que nous nous couchions tôt ce soir. Qu'en pensez-vous ? Je me sens fatigué d'avoir tenu si longtemps les avirons. »

Ordinairement, aucun des enfants n'aimait aller au lit très tôt. Mais ce soir-là la perspective d'explorer l'épave les incita à déroger à leurs habitudes. Il fallait être en bonne forme pour la grande aventure.

Et en effet, les enfants montèrent se coucher sitôt la dernière bouchée de leur repas avalée. À huit heures, tous quatre étaient au lit, ce qui ne laissa pas d'étonner grandement tante Cécile.

À peine Annie se fut-elle allongée entre les draps qu'elle s'endormit. François et Mick, eux non plus, ne furent pas longs à trouver le sommeil. Mais, contrairement à ses cousins, Claude demeura éveillée assez longtemps. Elle pensait à son île, à son épave et, bien entendu, à son cher Dago.

« J'emmènerai Dago avec nous, songea-t-elle avant de s'endormir. Nous ne pouvons pas le laisser en arrière. Lui aussi participera à l'aventure ! »

Chapitre 8

Exploration de l'épave

François fut le premier à se réveiller le lendemain matin. Il appela tout bas mais aussi distinctement qu'il put :

« Mick ! Debout ! Nous allons visiter l'épave ! Réveille-toi, mon vieux. »

Mick remua, ouvrit à son tour les yeux et sourit à son frère. D'un bond, il sauta à bas de son lit et courut à la chambre des filles. Tout doucement il en ouvrit la porte. Les deux cousines dormaient encore.

Mick secoua Claude et donna une bourrade à Annie. Les filles se réveillèrent et s'assirent sur leur lit.

« Levez-vous vite ! chuchota Mick. Il fait déjà jour. »

Les yeux bleus de Claude étincelaient tandis qu'elle s'habillait. Annie, de son côté, se hâta de passer ses vêtements — un maillot de bain, un short et un chandail — et d'enfiler une paire de sandales en caoutchouc. Personne ne fut long à se préparer.

« Et maintenant, ne faisons pas craquer les marches en descendant l'escalier », recommanda François.

Au bas de l'escalier, il fallut encore ouvrir la porte. Elle ne grinça pas et François la referma avec soin derrière lui avant de rejoindre les autres qui se hâtaient le long de l'allée du jardin. Celui-ci était clôturé par une barrière dont le portail faisait un bruit affreux. Pour éviter de se trahir en l'ouvrant, les enfants préférèrent passer par-dessus.

Le jour avait l'air tout neuf... les nuages étaient si roses dans l'azur du ciel, et la mer semblait si fraîche et si calme ! Il était impossible de croire qu'une horrible tempête l'avait bouleversée la veille.

Claude mit son canot à flot. Puis elle alla chercher Dago tandis que les garçons disposaient les avirons dans les tolets. Jean-Jacques, le jeune pêcheur, fut très surpris de voir arriver Claude d'aussi bonne heure. Lui-même se disposait à sortir en mer avec son père, pour pêcher. Il accueillit « monsieur Claude » avec un large sourire.

« Vous allez faire une promenade ? lui demanda-t-il. Quelle tempête hier ! J'ai cru un moment que vous vous trouviez en plein dedans !

— Eh bien, vous ne vous trompiez pas ! répondit Claude. Allons, viens, Dag ! Arrive ! »

Dago était ravi de se retrouver auprès de sa maîtresse à une heure aussi matinale. Pour manifester sa joie, il se mit à bondir à ses côtés, tandis qu'elle courait pour rejoindre ses cousins.

Les enfants mirent le cap droit sur l'île. Ramer était un plaisir tant les eaux de la baie de Kernach étaient calmes. On contourna l'île de manière à l'aborder du côté du large.

Enfin l'épave apparut, dominant les brisants de sa haute masse. Elle était tout à fait immobilisée à présent et ne bougeait pas le moins du monde quand les vagues passaient dessous. Elle se trouvait légèrement couchée sur le flanc. Le mât brisé, dont la tempête avait encore emporté un bout, se dressait comme un signal de détresse.

Claude connaissait à fond la côte de sa petite île, ses pièges, et aussi la façon d'échapper à ses dangers. Elle mania habilement les avirons et réussit à venir tout près de la grosse épave.

De leur canot, les enfants levèrent les yeux pour contempler le vieux navire. Il était grand, beaucoup plus grand qu'ils ne l'avaient cru lorsqu'ils le regardaient au fond de la mer. Sa coque était incrustée de coquillages de toutes sortes et tapissée de longues algues brunes et vertes. Les flancs de l'épave offraient de larges déchirures, d'aspect récent : elles provenaient de sa rencontre brutale avec les rochers pointus. Le pont également, que l'on apercevait grâce à l'inclinaison du navire, présentait des trous.

Claude s'approcha un peu plus des brisants sur lesquels reposait l'épave. Les vagues les recouvraient à intervalles réguliers. Claude regarda autour d'elle.

« Nous allons amarrer notre canot à l'épave elle-même, décida-t-elle. Et nous monterons facilement sur le pont en escaladant la coque. Attention, François !... Tâche d'envoyer le nœud coulant de ce filin autour du morceau de bois qui dépasse là-haut. »

François exécuta avec succès la manœuvre. Le filin se raidit et le bout de bois tint bon.

Bientôt les quatre enfants se trouvèrent réunis sur le pont incliné. Les herbes marines le rendaient glissant et l'odeur qui s'en dégageait était très forte.

Cette senteur âcre ne plaisait pas du tout à Annie.

« Ainsi, c'était là le pont, murmura Claude. Et voici sans doute l'écoutille par laquelle passaient les hommes de l'équipage pour aller et venir. »

De la main, elle désignait une ouverture au-delà de laquelle on distinguait les vestiges d'une échelle de fer. Les quatre enfants se penchèrent au-dessus. Du regard, Claude s'efforçait de percer l'obscurité.

« Je crois que cette échelle est encore assez solide pour supporter notre poids, dit-elle. Je vais descendre la première. L'un de vous a-t-il une torche électrique ? Il fait plutôt sombre là-dedans ! »

François possédait une lampe de poche. Il la tendit à sa cousine. Les enfants étaient silencieux. Ils éprouvaient une vague angoisse. Qu'allaient-ils trouver à l'intérieur de l'épave ?

Claude alluma la torche et, hardiment, s'engagea dans l'écoutille. Les autres descendirent à sa suite.

La lumière de la petite lampe fit surgir des ténèbres un étrange spectacle. L'intérieur du bateau possédait un plafond bas, fait de chêne très épais. Les enfants devaient avancer en baissant la tête le long de ce qui, jadis, avait dû être une coursive. À droite et à gauche ils devinaient l'emplacement des anciennes cabines, mais il était difficile de distinguer quelque chose de précis.

Les jeunes explorateurs — ainsi qu'ils se qualifiaient eux-mêmes ! — glissaient souvent sur le plancher gluant. Malgré tout, ils arrivèrent à mener à bien leur inspection. Sous les cabines, ils trouvèrent une grande cale qu'ils visitèrent à la lueur de la torche.

« Je suppose que c'est ici que devaient se trouver entassés les coffres d'or », dit François.

Mais, hélas ! le trésor avait disparu et les enfants ne trouvèrent rien d'autre que de l'eau et des poissons.

La visite de la vieille épave se poursuivit. Les enfants n'avaient pas perdu tout espoir. Ils fouillaient du regard les moindres recoins, souhaitant avec ardeur découvrir les fameux coffrets d'or dont Claude leur avait parlé, mais ils ne trouvèrent pas la plus petite boîte, même vide.

Ils arrivèrent enfin à une cabine plus vaste que les précédentes.

« Cette cabine devait être celle du capitaine, supposa François. C'est la plus vaste de toutes. Tiens, qu'y a-t-il dans ce coin ?

— Une vieille tasse, répondit Annie en prenant l'objet. Et voici la moitié d'une soucoupe. J'ai idée que le capitaine buvait une tasse de café, assis à cette table, lorsque la catastrophe s'est produite. »

À l'évocation du naufrage, un vague malaise s'empara des enfants. Claude elle-même commença à se dire que l'épave était plus à sa place au fond de la mer qu'à la surface.

« Allons-nous-en ! murmura-t-elle. Je n'aime pas beaucoup cet endroit. Il est plein d'intérêt, mais je le trouve un peu effrayant aussi. »

Les quatre enfants se disposèrent à partir. Avant de quitter la pièce, François regarda une dernière fois la petite cabine à la lueur de sa torche. Il aperçut soudain quelque chose qui le fit s'arrêter net. Il regarda mieux puis rappela ses compagnons.

« Hep ! là-bas ! Attendez un peu ! J'ai découvert une sorte de placard dans la cloison. Voyons s'il ne contient pas un objet intéressant ! »

Les autres revinrent en courant sur leurs pas et regardèrent à leur tour. Ce qu'ils virent ressemblait à une petite armoire encastrée dans l'épaisseur du mur de bois. Le trou de la serrure avait attiré l'attention de François : il n'y avait pas de clef dedans ! « Hein ! si nous trouvions quelque chose... », insista François. Il essaya d'ouvrir la porte du placard avec ses doigts mais ne put seulement l'ébranler. « La serrure doit être rouillée ! » déclara Claude en essayant à son tour d'ouvrir la porte sans plus de succès que son cousin.

Alors elle prit dans sa poche un solide couteau de marin et, l'ayant ouvert, en introduisit la lame dans la fente de la porte. Puis elle pesa dessus et, brusquement, la serrure céda et la porte s'ouvrit toute grande. François éclaira l'intérieur du placard et les enfants aperçurent une petite étagère avec, posé dessus, un objet très curieux.

C'était un coffret de bois, gonflé par l'eau de mer dans laquelle il avait si longtemps séjourné. Juste à côté se trouvaient deux ou trois objets qui semblaient être de vieux livres réduits à l'état de pulpe, et aussi quelques instruments de marine difficilement reconnaissables.

« Rien de tout cela n'est très intéressant... sauf le coffret », déclara François, résumant l'opinion générale.

François et Claude unirent leurs forces pour faire sauter la serrure du vieux coffre. Le couvercle était sculpté et, portait les initiales H.K. « Ce sont sans doute celles du capitaine, suggéra Mick.

— Non pas ! Ce sont les propres initiales de mon trisaïeul ! expliqua Claude. Maman m'a souvent parlé de lui. Il s'appelait Henri de Kernach et ce bateau lui appartenait. Ce coffret devait lui servir de coffre-fort particulier. Je suppose qu'il y enfermait ses papiers personnels. Oh ! si nous pouvions seulement arriver à l'ouvrir ! »

Mais il était impossible de venir à bout de la serrure avec l'aide du seul couteau de Claude. Les enfants finirent par y renoncer et François mit le coffret sous son bras pour l'emporter.

Les quatre enfants avaient l'impression qu'un objet très précieux était tombé entre leurs mains. Le mystère qui entourait le coffret lui conférait une importance singulière. Trouverait-on quelque chose à l'intérieur ? Et dans l'affirmative, que serait-ce ? Il leur tardait d'être de retour chez eux pour avoir la clef de l'énigme.

Ils remontèrent sur le pont. Là, ils s'aperçurent que d'autres personnes venaient de découvrir l'épave.

« Mon Dieu ! La plupart des bateaux de pêche de la baie de Kernach ont l'air de s'être donné rendez-vous ici ! » s'exclama François à la vue de la flottille qui s'était approchée de l'épave.

Les pêcheurs contemplaient le vieux navire sans songer à cacher leur stupéfaction. Quand ils virent les enfants sur le pont, ils les hélèrent à pleins poumons.

« Ohé ! ohé ! là-haut ! Qu'est-ce que c'est que ce bateau ?

— C'est la vieille épave ! rugit François dans ses mains en porte-voix. Elle est remontée à la surface au cours de la tempête d'hier.

— Ne leur en dis pas plus, ordonna impérieusement Claude. C'est *mon* épave. Je ne veux pas que des curieux viennent fouiner à bord. »

François se tut et, tout en regrettant de ne pouvoir rester davantage, les quatre enfants regagnèrent leur canot. Ils firent force de rames pour rentrer chez eux le plus rapidement possible. L'heure du petit déjeuner était déjà passée. Peut-être allait-on les gronder... Peut-être même le terrible oncle Henri allait-il les punir ?

Effectivement, de retour à la *Villa des Mouettes,* les enfants reçurent une semonce. En outre, ils durent se contenter de café au lait et de simples tartines de beurre, sans la moindre confiture dessus, car l'oncle Henri déclara que des enfants qui arrivaient si tard à table ne devaient pas avoir grand-faim. Le petit déjeuner fut plutôt morne.

Avant de rentrer, Claude avait ramené Dago à Jean-Jacques ou, plus exactement, elle avait rattaché le chien dans la cour du jeune pêcheur, celui-ci n'étant pas encore de retour. Elle l'avait aperçu un instant plus tôt, auprès de l'épave, que lui et son père dévoraient des yeux.

Avant de se mettre à table, aussi, les enfants avaient pris la précaution de cacher le précieux coffret dans la chambre des garçons, sous le lit.

Qu'aurait pensé Claude si elle avait pu voir Jean-Jacques à la minute même ? Le jeune pêcheur, se tournant vers son père, lui proposait soudain :

« J'ai une idée ! Nous pourrions récolter de l'argent en conduisant ici les estivants qui désireront voir cette vieille épave. Qu'en penses-tu ? »

Avant la fin de la journée, des douzaines de curieux, qui avaient pris place dans de petits bateaux à moteur mis à leur disposition par les pêcheurs, purent ainsi admirer le vieux navire.

Chapitre 9

Le secret du coffre

La première chose que firent les enfants après le petit déjeuner fut d'aller chercher leur précieux coffret et de l'emporter au fond du jardin, où se trouvait la cabane à outils.

François regarda autour de lui, à la recherche d'un instrument approprié. Il trouva un ciseau à froid et décida que rien ne pouvait mieux convenir pour mener à bien l'opération. Hélas ! sa tentative fut un échec complet : le ciseau à froid glissa et il se fit mal aux doigts. Il essaya alors d'ouvrir le coffret à l'aide d'autres outils mais toujours en vain. Les quatre compagnons étaient consternés.

« Je sais ce qu'il faut faire, déclara finalement Annie. Montons l'objet tout en haut de la maison et laissons-le tomber dans le jardin. Il s'ouvrira sous le choc, du moins je l'espère. »

Les autres trouvèrent l'idée excellente.

« Ça vaut la peine qu'on essaie », opina François. Le jeune garçon transporta le petit coffre jusqu'à la mansarde qui s'ouvrait juste sous le toit. Il se pencha à la fenêtre. Les autres étaient demeurés dans le jardin, guettant ce qu'il allait faire. François précipita le coffret par la fenêtre, de toutes ses forces. L'objet alla atterrir avec un bruit terrible sur le dallage, juste devant la porte d'entrée.

Celle-ci s'ouvrit presque tout de suite et l'oncle Henri en jaillit comme un boulet de canon.

« Qu'êtes-vous encore en train de faire ? s'écria-t-il. J'espère que vous n'êtes pas assez stupides pour vous lancer des objets à la tête depuis le premier étage. Mais qu'est-ce que je vois là, sur le sol ? »

Les enfants regardèrent le coffret.

Le bois en avait volé en éclats, révélant un second coffre de métal, sans doute étanche celui-ci.

Mick se précipita pour ramasser le coffret.

« Je vous ai demandé ce que c'était que cet objet, par terre ! cria l'oncle Henri en s'avançant vers Mick.

— C'est... quelque chose qui nous appartient ! répondit Mick en devenant tout rouge.

— Eh bien, je vous le confisque ! A-t-on idée de me déranger de la sorte ! Donne-moi cette boîte. Où l'avez-vous trouvée ? dit l'oncle Henri en foudroyant du regard la pauvre Annie qui se trouvait le plus près de lui.

— À... à l'intérieur de l'épave ! bégaya la petite fille, épouvantée.

— À l'intérieur de l'épave ! répéta M. Dorsel, visiblement surpris. Vous voulez parler de la vieille épave que la tempête a fait remonter hier ? Oui, j'ai appris ça... Voulez-vous dire que vous l'avez explorée ?

— Oui », avoua Mick.

François, redescendu en toute hâte, venait de rejoindre ses amis. L'intervention de l'oncle Henri le consternait.

« Cette boîte, déclara le père de Claude, peut contenir quelque chose d'important. »

Ce disant, il prit l'objet des mains de Mick.

« Vous n'aviez pas le droit de fouiller dans cette vieille épave et d'y prendre quoi que ce fût.

— Mais cette épave est à moi, rien qu'à moi ! s'écria Claude sur un ton de défi. Je t'en prie, papa, rends-nous le coffret. Nous venons tout juste de faire sauter la première enveloppe de bois. Qui sait si à l'intérieur nous ne trouverons pas... une barre d'or... ou un trésor du même genre !

— Une barre d'or ! répéta M. Dorsel en haussant les épaules. Quel bébé tu fais ! Jamais une boîte aussi petite ne pourrait contenir chose pareille ! Il est bien plus probable que tu trouveras là-dedans la relation écrite de ce qui est arrivé aux barres d'or en question. À mon avis, le trésor que transportait jadis le vieux navire a été régulièrement remis à qui de droit. J'ai toujours pensé que ce bateau était vide de sa précieuse cargaison lorsqu'il a sombré.

— Oh ! papa, je t'en prie, supplia de nouveau Claude. Rends-nous le coffret, veux-tu ? »

Dans sa voix tremblaient des larmes. Elle était sûre, tout à coup, que la boîte contenait des papiers capables de leur apprendre ce qu'était devenu le trésor. Mais, sans un mot, M. Dorsel tourna les talons et disparut dans la maison, emportant l'objet convoité sous son bras.

Annie fondit en larmes.

« Ne me grondez pas d'avoir révélé que nous avions trouvé le coffret à l'intérieur de l'épave ! Pardonnez-moi ! Oncle Henri m'a fait une telle peur ! Je n'ai pu que lui avouer la vérité !

— Ça va, bébé ! Ne pleure plus ! » dit François.

En fait, le jeune garçon bouillait de rage.

« Écoutez, murmura-t-il au bout d'un instant, il nous faut reprendre possession de cette boîte d'une manière ou d'une autre, et voir ce qu'elle contient. Je suis certain qu'au fond ton père ne s'en soucie guère, Claude. Dès que j'en aurai l'occasion, je me glisserai dans son bureau et je récupérerai l'objet. Tant pis pour moi si je suis pris.

— Entendu ! dit Claude, d'accord avec son cousin. Nous allons tous guetter papa. Il finira bien par sortir ! »

À tour de rôle donc, ils se mirent à surveiller la porte du bureau de M. Dorsel, mais celui-ci ne quitta pas la pièce de toute la matinée.

Lorsque Claude vint relever Mick de son guet, il lui demanda :

« Ton père ne sort-il donc jamais ? Il passe sa vie enfermé !

— Tous les savants font de même, assura Claude. Pourtant, en ce qui concerne papa, je peux bien t'avouer quelque chose : il lui arrive quelquefois de faire une petite sieste pendant l'après-midi ! »

Or, cet après-midi, ce fut François qui prit le premier « quart ». Il s'assit sous un arbre et ouvrit un livre.

Un instant plus tard, un bruit étrange lui fit lever la tête. Et, tout de suite, il comprit ce que cela signifiait.

« L'oncle Henri est en train de ronfler ! » se dit-il à lui-même en jubilant tout bas.

Il se dirigea sur la pointe des pieds jusqu'à la porte-fenêtre du bureau et regarda à l'intérieur.

La porte-fenêtre était entrebâillée.

Le jeune garçon l'ouvrit un peu plus. Il aperçut son oncle, enfoui dans un confortable fauteuil, les yeux clos et la bouche ouverte. Il dormait de tout son cœur ! Chaque fois qu'il respirait, un ronflement lui échappait.

« Il semble plongé dans un profond sommeil, réfléchit François. C'est le moment d'agir. Voici le coffret, là, sur cette table, juste derrière lui. Tant pis, je me risque. Je serai sévèrement puni si l'on me découvre, mais la tentation est trop forte ! »

Il se glissa dans le bureau. À pas de loup, François s'avança jusqu'à la petite table proche du fauteuil de son oncle. Il allongea la main, s'empara du coffret... Puis, usant de mille précautions, il sortit par la porte-fenêtre et se retrouva dans le jardin dont il descendit l'allée en courant. Il ne songea même pas à dissimuler le coffret sous son chandail. Une seule chose lui importait : rejoindre les autres pour leur conter son exploit.

Toujours courant, il atteignit enfin la plage où Claude, Annie et Mick étaient allongés au soleil.

« Victoire ! leur cria-t-il. Victoire ! Je l'ai ! Je l'ai ! »

Les trois enfants se redressèrent et leurs yeux se mirent à briller de joie en apercevant le précieux coffret dans les bras de François.

« Ton père dort, expliqua François à Claude, et j'en ai profité pour me glisser dans son bureau !

— Grand Dieu ! s'écria Claude, sidérée. Maintenant, regardons vite ce qu'il y a à l'intérieur ! Je ne crois pas que papa ait eu la curiosité d'y jeter un coup d'œil ! »

François avait raison. La petite boîte métallique — en étain semblait-il — était intacte. Son séjour dans l'eau de mer l'avait ternie, mais le couvercle était toujours si hermétiquement ajusté qu'il était impossible de l'ouvrir en s'aidant seulement des mains.

Sans hésiter, Claude tira son couteau et se mit à travailler la fente presque invisible. Petit à petit, le couvercle prit du jeu et, au bout d'une dizaine de minutes, la fillette en vint à bout.

Bouillant d'impatience, les enfants se pen-

chèrent sur le coffret. À l'intérieur se trouvaient de vieux papiers, un livre relié en cuir noir... et rien d'autre ! Pas la moindre barre d'or ! Pas le plus petit trésor ! La déception était cruelle.

« Tous ces objets sont parfaitement secs ! fit remarquer François. Cette boîte d'étain les a conservés intacts. »

Il prit le livre et l'ouvrit.

« C'est le journal du bord ! s'écria-t-il avec enthousiasme. C'est là-dedans que ton trisaïeul inscrivait la relation de ses voyages, Claude ! »

Claude, à son tour, s'empara d'un des papiers. « Papier » est d'ailleurs un mot inexact, attendu qu'il s'agissait d'un épais parchemin, jauni par le temps. Elle l'étala sur le sable et entreprit de l'étudier de près. Les autres jetèrent un vague coup d'œil dessus. On eût dit une sorte de carte.

« Peut-être est-ce la carte indiquant l'endroit où le navire devait aller », suggéra François.

Soudain, les mains de Claude se mirent à trembler sur le parchemin et elle leva sur ses

compagnons des yeux brillants comme des étoiles.

« Qu'y a-t-il ? s'enquit François, plein de curiosité. As-tu découvert quelque chose ? Voyons, parle ! On dirait que tu as avalé ta langue ! »

Claude secoua la tête et se mit à parler avec volubilité.

« François ! Sais-tu ce que c'est ? C'est un plan de mon vieux château... un plan du château de Kernach à l'époque où il n'était pas en ruine. Voyez-vous ici l'emplacement des oubliettes ? Et regardez... regardez donc ce qui est écrit au coin de ce cachot ! »

D'un index tremblant elle indiquait un point sur l'étrange carte. Les autres se penchèrent pour mieux voir et purent déchiffrer un mot curieux, tracé en lettres démodées : LINGOTS.

« Des lingots ! dit Mick, enthousiasmé. Mais cela signifie... les fameuses barres d'or, certainement !

— Bien sûr, expliqua François, on donne le nom de lingots à n'importe quelles barres de métal. Mais dans le cas présent, comme nous savons que le vieux navire transportait de l'or et que cet or a disparu, il est évident que ce sont des lingots d'or ! Dire que le trésor est peut-être encore caché quelque part dans le sous-sol du château de Kernach ! Les recherches seront très difficiles, car le château est en ruine aujourd'hui et envahi par les ronces et les mauvaises herbes. Malgré tout, je suis sûr que nous finirons par trouver ces lingots. Lingots !... Quel joli mot ! En attendant, qu'allons-nous faire de ce coffret ? Je veux dire... Oncle Henri ne peut manquer de s'apercevoir de sa disparition, qu'en pensez-vous ? Il faudrait peut-être le remettre où je l'ai pris.

— D'accord ! répondit Mick. Mais je propose que nous gardions le plan du château. Oncle Henri ignore qu'il se trouvait à l'intérieur puisqu'il n'a pas ouvert cette boîte. Nous y laisserons les autres objets : le vieux livre de bord et les lettres. Tout cela n'a pas grande importance.

— Faisons mieux encore ! suggéra François. Copions la carte et remettons le parchemin original à sa place. Comme ça, nous n'aurons rien à nous reprocher. »

Les autres applaudirent à cette excellente idée. Puis les quatre enfants rentrèrent à la *Villa des Mouettes* pour y relever avec soin le plan du château de Kernach. L'opération se déroula dans la cabane à outils, loin des regards indiscrets.

La carte comportait trois parties.

« Cette partie-ci représente les caves et les

oubliettes, au-dessous du château, expliqua François. Cette autre est le plan du rez-de-chaussée. Quant à la troisième, elle correspond à la partie supérieure de l'édifice. Les cachots occupent tout le sous-sol du château. Mais comment diable faisait-on pour y descendre ?

— Il faudra étudier le plan d'un peu plus près pour nous en rendre compte, dit Claude. À première vue, cette carte paraît assez embrouillée, mais tout deviendra plus clair lorsque nous la consulterons sur place, au château de Kernach. Elle nous expliquera certainement comment on peut accéder aux souterrains. Ma parole ! Je suis sûre qu'aucun enfant au monde n'a la chance de vivre une aventure aussi palpitante ! »

François rangea avec soin la copie du plan dans la poche de son short. Il avait bien l'intention de ne s'en dessaisir sous aucun prétexte. Ce papier était trop précieux ! Ayant remis le parchemin original dans le coffret, il jeta un coup d'œil en direction de la villa.

« Et à présent, si nous allions rapporter l'objet ? » demanda-t-il.

À l'heure du goûter, comme M. Dorsel venait de rejoindre sa famille réunie dans la salle à manger, François sauta sur l'occasion... Murmurant une vague excuse, il se leva de table et alla remettre le coffret sur la petite table du bureau de son oncle.

En regagnant sa place, il fit un clin d'œil aux autres enfants pour leur signaler que tout allait bien. Tous se sentirent soulagés. L'oncle Henri se montrait si sévère que ses neveux et nièce le craignaient beaucoup. On était encore à table lorsque le téléphone sonna. Tante Cécile se leva pour répondre.

« C'est pour toi, Henri ! dit-elle à son mari en revenant. Il semble que la vieille épave ait suscité une grande curiosité, non seulement dans le pays, mais plus loin encore. Ce coup de fil vient d'un journaliste attaché à un quotidien de Paris. Il désire te poser quelques questions. Lui et quelques-uns de ses confrères sont déjà sur les lieux.

— Eh bien, sois assez aimable pour leur dire que je les recevrai tous à six heures ! » répondit l'oncle Henri.

Sérieusement alarmés, les enfants échangèrent des regards inquiets.

Sitôt après le goûter, François entraîna les trois autres.

« C'est encore une chance que nous ayons pensé à relever le plan du château ! s'écria-t-il. N'empêche que je regrette bien d'avoir remis le parchemin original dans la boîte. À présent, le secret des lingots peut être découvert d'un moment à l'autre ! »

Chapitre 10

Un acquéreur mystérieux

Le lendemain matin, les journaux ne parlaient que de la manière extraordinaire dont la vieille épave avait surgi des profondeurs marines où elle était restée si longtemps engloutie. Les reporters n'avaient eu aucune difficulté à obtenir de M. Dorsel l'histoire de l'antique navire et de sa cargaison d'or disparue.

Claude était furieuse.

« C'est *mon* épave ! criait-elle. C'est mon château ! Et c'est *mon* île ! Tu m'as toujours dit que cela m'appartenait. Tu me l'as dit !

— Je le sais, répondit sa mère. Mais personne n'abîme ton île en y abordant ou ne te fait tort en photographiant ton château.

— Mais je désire que personne ne mette les pieds dans mon domaine ! Cet endroit m'appartient, comme l'épave. Tu me l'as donné !

— Ma foi, j'étais loin de me douter de ce qui allait arriver. Allons, un peu de bon sens, Claude ! Qu'est-ce que cela peut te faire si les gens vont jeter un coup d'œil à l'épave ? Tu ne peux pas les en empêcher. »

Cependant, les enfants éprouvaient quelque surprise à voir l'intérêt suscité par l'apparition de l'épave. Par voie de conséquence, le château de Kernach, lui aussi, prenait de l'importance aux yeux du public. Des estivants, qui séjournaient dans les villes voisines, venaient tout exprès pour le contempler. Les pêcheurs de l'endroit n'avaient pas tardé à découvrir le petit port de l'île et y débarquaient des fournées de visiteurs. Claude sanglotait de rage et François faisait de son mieux pour la consoler.

« Écoute, Claude ! Personne ne connaît notre secret. Nous attendrons que toute cette agitation ait cessé puis nous irons au château de Kernach et nous trouverons les lingots. Nul autre que nous n'a regardé à l'intérieur du coffret ! Je vais de nouveau courir ma chance et tenter de reprendre le parchemin avant que quelqu'un puisse mettre la main dessus. »

Le jeune garçon n'eut malheureusement pas l'occasion de mettre son projet à exécution, car il se passa une chose terrible : l'oncle Henri vendit le vieux coffret à un antiquaire !

Un ou deux jours après la vague d'intérêt soulevée par l'apparition de l'épave, il mit tante Cécile et les enfants au courant.

« Je viens de conclure une bonne affaire ! annonça-t-il à sa femme. Tu sais... cette vieille boîte d'étain retirée de l'épave ? Eh bien, j'ai reçu la visite d'un bonhomme qui fait le commerce de curiosités de ce genre et je la lui ai cédée un bon prix. C'est lui-même qui m'a proposé la somme ! Une somme à laquelle je ne m'attendais guère, d'ailleurs... Dès que cet antiquaire a vu le vieux parchemin et le livre de bord qu'elle contenait, il a insisté pour m'acheter l'ensemble tout de suite. Il était venu à tout hasard, m'a-t-il dit, pour savoir si je n'aurais pas trouvé quelques pièces de vaisselle ancienne ou de vieux instruments de marine au fond du vaisseau naufragé. Ce que je lui ai proposé a eu l'air de lui plaire davantage encore... si j'en juge d'après le prix qu'il me l'a payé ! »

Les enfants regardèrent leur oncle d'un air horrifié. L'histoire de la cargaison d'or disparue avait été imprimée dans tous les journaux ! Ni Claude ni ses cousins n'osèrent cependant révéler ce qu'ils savaient à M. Dorsel, mais, une fois seuls, ils se mirent à discuter de l'affaire avec animation. La chose devenait sérieuse. Un moment, ils songèrent à mettre tante Cécile dans le secret. Pourtant, c'était un secret si précieux, si plein de merveilleuses perspectives qu'ils finirent par décider de le garder pour eux.

« Et à présent, écoutez-moi ! dit François pour finir. Nous allons demander à tante Cécile la permission d'aller passer un jour ou deux sur l'île de Kernach... Oui, nous y camperions. Cela nous donnera un peu de temps pour fouiller de côté et d'autre. Leur première curiosité satisfaite, les visiteurs commencent à se faire plus rares là-bas. Peut-être arriverons-nous à mettre la main sur les lingots avant que quiconque ait connaissance de notre secret. Après tout, l'antiquaire qui a acheté le coffret peut très bien ne pas deviner ce que signifie le plan dessiné sur le parchemin. Le nom du château de Kernach n'est pas écrit dessus. »

Le petit discours de François réconforta quelque peu les enfants.

Ils résolurent donc de demander à leur tante, dès le jour suivant, l'autorisation d'aller passer le week-end au château.

Quand ils vinrent trouver tante Cécile pour lui parler de leurs projets, oncle Henri était avec elle. Il était souriant et donna même une petite tape amicale à François.

« Eh bien, les enfants ! s'écria-t-il gaiement. Qu'y a-t-il pour votre service ? Car je me doute que vous avez quelque chose à demander.

— Nous venions demander une faveur à tante Cécile, répondit François poliment. Tante Cécile, il fait si beau... Voudriez-vous nous permettre d'aller passer cette fin de semaine au château de Kernach ? Cela nous ferait un tel plaisir de camper un jour ou deux sur l'île !

— Ma foi... qu'en penses-tu, Henri ? murmura Mme Dorsel.

— S'ils en ont envie, qu'ils y aillent ! acquiesça l'oncle Henri. Ils n'en auront bientôt plus l'occasion !... Il faut que je vous prévienne, en effet, mes petits, qu'on vient de me faire une offre magnifique pour le château de Kernach. Un acquéreur s'est présenté. Il a l'intention, non pas exactement de restaurer le château, mais de le transformer en hôtel. »

La foudre tombant aux pieds des quatre enfants leur aurait fait moins d'impression. Ils fixaient sur M. Dorsel souriant un regard à la fois indigné et plein d'horreur. Quelqu'un allait acheter l'île ! Leur secret avait-il été découvert ? L'individu dont il était question désirait-il acquérir le château parce qu'il avait déchiffré la carte et compris qu'un trésor fabuleux était enfoui dessous ?

Claude parut s'étouffer. Ses yeux se mirent à lancer des éclairs.

« Maman ! Tu ne peux pas vendre mon île ! Tu ne peux pas vendre mon château ! Je ne le permettrai pas. »

M. Dorsel fronça les sourcils.

« Ne fais pas la sotte, Claudine ! ordonna-t-il sèchement. Tout cela ne t'appartient pas pour de bon. Tu le sais. L'île et le château sont la propriété de ta mère et, bien entendu, elle peut les vendre si elle en a envie. Nous ne sommes pas riches et une grosse rentrée d'argent fera tout à fait notre affaire. D'ailleurs, une fois que l'île sera vendue, j'aurai enfin les moyens de vous procurer à tous beaucoup de choses agréables !

— Je ne veux rien de tout cela ! s'écria la pauvre Claude. Mon château et mon île sont les choses les plus précieuses que je puisse jamais avoir. Oh ! maman ! Tu sais bien ce que tu m'as dit... que tout cela m'appartenait. Tu l'as dit !...

— En voilà assez, Claudine, coupa son père avec irritation. Ta mère ne fait que suivre mes conseils. Quand ta mère t'a donné l'île et le château, c'était simplement pour te faire plaisir. D'ailleurs, cette vente te procurera beaucoup de choses dont tu as été privée jusqu'ici.

— Je ne veux pas un sou de cet argent ! » répondit Claude.

Là-dessus la fillette pivota sur ses talons et sortit de la pièce d'un pas mal assuré. Ses cousins étaient navrés pour elle. François songea qu'elle ne comprenait pas très bien la mentalité des grandes personnes. L'oncle Henri et la tante Cécile pouvaient faire comme bon leur semblait. Cependant, l'oncle Henri ignorait une chose essentielle : peut-être y avait-il une fortune enfouie dans le sous-sol du vieux château.

François regarda pensivement son oncle et se demanda s'il l'avertirait ou non. À la réflexion, il préféra se taire. Ne restait-il pas une chance pour que les enfants fussent les premiers à découvrir le trésor ?

« Quand vous proposez-vous de vendre l'île, mon oncle ? demanda-t-il.

— Les actes seront signés d'ici à une semaine, répondit l'oncle Henri. Aussi, si vous avez envie d'aller passer un jour ou deux là-bas, faites vite.

— Cet homme qui désire acheter le château n'est-il pas l'antiquaire auquel vous avez déjà vendu le coffret d'étain ? demanda encore François.

— Si, répondit son oncle, et j'en ai été un peu surpris, car je croyais qu'il ne s'intéressait qu'aux meubles anciens et aux vieux bibelots. Je m'étonne encore qu'il ait eu l'idée d'acheter l'île en vue de transformer le château en hôtel. Mais notre acquéreur, lui, doit savoir ce qu'il fait ! »

« Il le sait même fort bien ! » soupira François en lui-même, tout en quittant la pièce avec Mick et Annie. « Cet homme a sans doute déchiffré la carte... et il est arrivé aux mêmes conclusions que nous. Il est certain que des lingots d'or sont cachés sur l'île. Il se propose de les découvrir. Bien entendu, cette idée de construire un hôtel est un simple prétexte. Je suppose qu'il a dû offrir à l'oncle Henri une somme ridicule que ce brave oncle estime fabuleuse !... Mon Dieu, quelle histoire ! »

François se dépêcha d'aller rejoindre Claude. Il la trouva dans la cabane à outils. Elle déclara qu'elle se sentait malade.

« C'est parce que tous ces événements t'ont bouleversée », murmura François d'un ton consolant.

Il lui passa un bras autour des épaules et, pour une fois, Claude ne chercha pas à le repousser.

« Écoute, Claude ! dit François. Il ne faut pas abandonner tout espoir. Nous irons demain à l'île de Kernach et nous ferons tout notre possible pour descendre dans les oubliettes et trouver les fameux lingots. Nous resterons là-bas aussi longtemps qu'il le faudra. C'est entendu ? Et maintenant, ressaisis-toi. Nous avons besoin de tes lumières pour nous aider à mettre sur pied le programme de demain. Quelle chance que nous ayons pensé à faire une copie de la carte ! »

Claude reprit un peu courage. La perspective d'aller camper un ou deux jours sur l'île de Kernach avec ses cousins et Dago la consolait en partie du mauvais tour que lui jouaient involontairement ses parents.

« Je continue à penser que papa et maman ne sont pas gentils avec moi ! soupira-t-elle.

— Pas en réalité, si tu réfléchis bien, opina François. Après tout, s'ils ont besoin d'argent, il serait stupide de leur part de ne pas céder à un bon prix quelque chose qui, à leurs yeux, ne possède pas grande valeur. Et puis, rappelle-toi... Ton père a déclaré qu'il t'offrirait tout ce dont tu aurais envie. Je sais bien ce que je demanderais, moi, si j'étais à ta place !

— Quoi donc ? murmura Claude, intéressée.

— Dago, parbleu ! » s'écria François.

Chapitre 11

Premières fouilles

Claude et François allèrent rejoindre Mick et Annie qui les attendaient dans le jardin. Annie prit les mains de Claude entre les siennes.

« Claude, tu ne peux pas savoir à quel point je suis triste des projets d'oncle Henri ! dit-elle avec émotion.

— C'est comme moi ! renchérit Mick. Tu n'as pas de chance. »

Claude fit effort sur elle-même pour sourire.

« Je me suis comportée comme une fille, murmura-t-elle, toute honteuse. Mais aussi, c'est que j'ai reçu un tel choc ! »

François expliqua les projets que Claude et lui venaient de faire.

« Nous partirons demain matin pour l'île de Kernach, dit-il en conclusion. Auparavant, dressons la liste des objets dont nous aurons besoin. »

Il tira de sa poche un crayon et un petit carnet.

« Je propose que nous inscrivions avant tout les provisions de bouche ! s'écria Mick. Il en faudra beaucoup, car nous aurons certainement faim !

— Pensons aussi à la boisson, recommanda Claude. Il n'y a pas d'eau potable sur l'île... Autrefois, à ce que j'ai entendu dire, il existait un puits très profond qui descendait bien au-dessous du niveau de la mer, et qui procurait de l'eau douce. Mais je n'ai jamais pu en trouver trace.

— Nourriture, inscrivit François, boisson... Il ajouta : bêches... » et écrivit solennellement ce mot.

Annie parut surprise.

« Des bêches ? répéta-t-elle. Pour quoi faire ?

— Pour creuser le sol quand nous chercherons l'entrée des oubliettes.

— Des cordes ! suggéra Mick. Nous pourrons en avoir besoin.

— Et des lampes électriques, ajouta Claude.

— Des couvertures ! » dit encore Mick.

François continuait à écrire.

« Il nous faudra un peu de vaisselle, surtout des gobelets pour boire, dit-il. Et nous emporterons aussi quelques outils. Ils pourront nous être utiles ! »

Au bout d'une demi-heure les enfants avaient dressé une liste assez longue. Claude commençait à oublier sa colère et son désappointement. La présence de ses cousins agissait sur elle comme un calmant. Ils se montraient si posés, si raisonnables, si optimistes, que leur gaieté devenait contagieuse.

« Je crois que je serais bien plus gentille si j'avais des frères et des sœurs », songea Claude en regardant la tête inclinée de François qui relisait sa liste. « Le fait de raconter ses propres affaires aux autres est bien réconfortant. Les soucis paraissent alors moins terribles. On les supporte bien mieux. Je suis moi-même souvent maussade, peu souriante, et toujours prête à me laisser emporter par mon naturel violent. Pas étonnant que papa me gronde tout le temps ! Maman est adorable, mais je comprends à présent pourquoi elle prétend que je suis d'un caractère difficile. Comme je suis différente de mes cousins ! Quelle chance qu'ils soient venus ! Ils sont en train de transformer peu à peu la sauvageonne que j'étais jusqu'à présent ! »

Pendant qu'elle se faisait à elle-même ces réflexions, Claude avait pris un air grave sans même s'en rendre compte. Comme François levait la tête, il surprit le regard bleu de sa cousine fixé sur lui et sourit.

« Je voudrais bien savoir à quoi tu penses ! dit-il d'un ton joyeux.

— À rien d'intéressant, répondit Claude en rougissant. Allons chercher Dago pour une promenade ! Il doit se demander ce qui nous est arrivé aujourd'hui. »

Ils partirent tous ensemble. Dago les accueillit avec des aboiements joyeux. On le mit au courant des projets pour le jour suivant et l'intelligent animal agita la queue en regardant ses jeunes maîtres comme s'il comprenait jusqu'au moindre mot de ce qu'on lui disait.

Le lendemain matin l'impatience des enfants était à son comble. Ils se hâtèrent de transporter à bord du canot toutes les choses qu'ils avaient préparées la veille.

Les cinq compagnons se trouvaient déjà assez loin du rivage quand Mick demanda soudain :

« Tu as bien emporté la carte, François ?

— Naturellement ! J'ai mis un blue-jean propre ce matin mais tu peux être sûr que j'ai pensé à sortir la carte de la poche de l'ancien. Regarde ! »

Il tendit la feuille de papier à son frère mais juste à ce moment, une risée se leva et le vent la lui arracha des mains. La feuille tomba à l'eau. Les quatre enfants poussèrent un cri de détresse.

« Vite ! Ramons pour la rattraper ! » s'écria Claude en faisant virer sur place le canot. Mais quelqu'un avait été encore plus rapide qu'elle ! Dago avait vu le papier s'envoler des mains de François. Il avait entendu et compris les cris de détresse. D'un bond il s'élança dans la mer et se mit à nager en direction de la carte.

Dago nageait fort bien car il possédait des muscles puissants. Il eut tôt fait de cueillir la carte dans sa gueule puis de revenir vers le canot. Ses jeunes maîtres étaient stupéfaits.

Les garçons hissèrent l'animal dans l'embarcation et Claude prit le papier que Dago

tenait entre ses crocs. C'est à peine si ceux-ci avaient laissé leur marque sur la précieuse feuille.

« Bravo, Dag ! Tu t'es montré soigneux par-dessus le marché ! »

Malgré tout, la carte était mouillée. François l'étendit sur un des bancs et demanda à Mick de l'y maintenir, en plein soleil. « Il ne s'agit pas qu'elle s'envole une seconde fois ! » déclara-t-il.

Claude reprit les avirons et mit de nouveau le cap sur l'île. Dago, dûment félicité pour son exploit, reçut un biscuit en récompense et le croqua en donnant tous les signes de la plus vive satisfaction.

Avec son adresse habituelle, Claude se faufila parmi les dangereux rochers entourant l'île. À présent, le bateau flottait sur les eaux calmes du petit port naturel. Il ne tarda pas à accoster. Les cinq compagnons sautèrent sur le sable. Ils tirèrent le canot aussi haut que possible puis commencèrent à le décharger.

« Il va falloir transporter toutes nos provisions jusqu'à la salle du château, déclara François. Elles y seront en sûreté et ne courront pas le risque de se mouiller s'il pleut. J'espère bien que personne ne viendra sur l'île pendant que nous y serons nous-mêmes, Claude !

— Cela m'étonnerait, répondit Claude. Papa m'a assuré que les actes de vente ne seraient signés que la semaine prochaine. Nous avons donc quelques jours devant nous.

— Dans ce cas, il est inutile de monter la garde », pensa François tout haut. Car le jeune garçon avait vaguement songé à poster une sentinelle pour avertir les autres au cas où il viendrait quelqu'un. « Venez donc, ajouta-t-il. Prends les bêches, Mick. Je me charge de la nourriture et de la boisson. Claude m'aidera. Quant à toi, Annie, occupe-toi des petits paquets. »

Les provisions alimentaires, tant solides que liquides, étaient contenues dans une grande caisse. Claude et François montèrent péniblement le sentier de la falaise, chancelant presque sous le poids de leur fardeau. À plusieurs reprises ils durent poser à terre la caisse pour reprendre haleine.

Ils parvinrent enfin à la petite pièce dallée qui, seule, demeurait habitable. Après avoir rangé la caisse contre le mur, les deux cousins retournèrent sur la plage pour ôter du canot les couvertures qui s'y trouvaient encore.

Une fois « meublée », l'antique salle prit une apparence plus gaie. Les enfants avaient décidé d'y passer la nuit et, en conséquence, arrangé des couchettes dans les coins.

« Les deux filles pourront dormir ensemble sur ce tas de couvertures, dit François. Nous, les garçons, nous dormirons sur cette autre pile. »

François s'installa sur ses couvertures et tira la carte de sa poche.

« Maintenant, dit-il, venons-en à notre fameuse affaire... Nous allons étudier ce plan avec la plus grande attention et essayer de déterminer où se trouve l'entrée des cachots souterrains. C'est le moment de faire travailler notre matière grise... et de triompher de cet individu qui convoite l'île ! »

Quatre têtes se penchèrent sur la carte.

« Voyez ceci ! » dit François en posant son doigt sur la partie de la carte où s'étalait le plan des oubliettes. « Le souterrain semble courir sur toute la superficie du sous-sol... et ici... et encore là, on dirait que ces petits traits parallèles représentent des escaliers.

— Oui, dit Claude. Je crois que tu as raison. Eh bien, si ce sont vraiment des marches, il est évident qu'il existe deux ouvertures pour pénétrer dans les oubliettes. L'un des escaliers semble partir d'un endroit qui pourrait bien être cette salle où nous sommes. Quant à l'autre, il doit se trouver sous la tour que nous apercevons là-bas... Mais dis-moi, François, à ton avis, que signifie ce petit rond... là ? »

Son index désignait un cercle qui figurait non seulement sur le plan des oubliettes mais aussi sur celui du rez-de-chaussée du château.

« Tu disais hier qu'il existait jadis un puits

quelque part ici, n'est-ce pas, Claude ? Eh bien, ce petit rond doit indiquer son emplacement. Il fallait qu'il soit très profond pour atteindre une nappe d'eau douce située sous la mer... Voilà pourquoi il traverse les cachots. N'est-ce pas fantastique ? »

L'exaltation des enfants croissait d'instant en instant. Ils possédaient déjà une précieuse indication. Il y avait quelque chose à découvrir... Quelque chose qu'ils *pouvaient* et *devaient* découvrir d'ici à un ou deux jours.

« Alors ? demanda Mick. Par où allons-nous commencer ? Peut-être faudrait-il essayer de trouver l'entrée du souterrain, celle qui semble partir de cette pièce même ? À mon avis il doit s'agir d'une grosse dalle : en la soulevant, nous dégagerons le passage conduisant aux oubliettes ! »

François plia la carte avec soin et la remit dans sa poche. Après quoi il regarda autour de lui. Le sol dallé de la pièce était envahi par une végétation gênante.

« Mettons-nous tout de suite au travail ! conseilla François en s'emparant d'une bêche. Ôtons ces herbes rampantes. »

Claude, Mick et Annie prirent chacun une bêche et bientôt la petite salle résonna des bruits du fer raclant la pierre pour en déloger les plantes.

Sans doute influencé par l'ambiance, Dago déployait lui aussi une activité fébrile. Bien entendu, il ne pouvait comprendre pourquoi ses jeunes maîtres s'affairaient ainsi, mais cela ne l'empêcha pas de se joindre à eux vaillamment. Il entreprit de gratter le sol de toute la force de ses puissantes pattes.

Chapitre 12

Passionnantes découvertes

Bientôt le sol se trouva débarrassé de la terre, du sable et des plantes parasites : il était constitué par d'énormes dalles carrées, toutes de la même dimension. Les enfants se mirent à les examiner à la lueur des torches.

« Celle que nous cherchons devrait avoir en son milieu un anneau de fer pour aider à la soulever », déclara François.

Mais ils n'aperçurent rien de semblable. Toutes les dalles étaient pareilles. Quelle déception !

François essaya alors d'introduire sa bêche dans les différents interstices qui séparaient les pierres, tout en exerçant des pesées sur le manche de son outil. Aucune d'elles ne bougea.

Après trois heures de travail ininterrompu, les enfants se décidèrent à reprendre des forces.

Ils avaient une faim de loup. Tout en mangeant, ils discutèrent du problème qui les tracassait. « Il semble, en fin de compte, dit François, que l'entrée du souterrain ne parte pas de cette pièce même. Nous allons mesurer le plan et voir si nous pouvons déterminer l'endroit exact d'où part l'escalier conduisant aux oubliettes. »

Ils se mirent donc à l'ouvrage mais leur besogne était loin d'être facile. Les trois parties du plan, représentant les trois étages du château, n'étaient pas à la même échelle. Un peu découragé, François laissa échapper un soupir.

« Regardez ! » s'écria soudain Claude en montrant du doigt le petit cercle qui, à ce qu'ils croyaient, indiquait l'emplacement du puits. « Regardez ! L'entrée du souterrain paraît assez proche du puits. Si nous pouvions découvrir celui-ci, nous creuserions tout autour pour essayer de repérer les premières marches de l'escalier. Le puits se trouve représenté sur les deux cartes. Il semble être situé au milieu du château.

— C'est une fameuse idée que tu as là ! approuva François, ravi. Tâchons donc de déterminer le centre du château. À mon avis, ce doit être également le centre de la cour, là, au-dehors. »

Les enfants sortirent au soleil. Ils s'arrêtèrent au milieu de la cour qui, jadis, avait été le cœur même du vieux château. Mais c'est en vain qu'ils regardèrent autour d'eux dans l'espoir de découvrir un indice leur permettant de repérer l'ancien puits. Là encore la nature avait repris ses droits. Le vent avait apporté sur son aile du sable arraché à la plage, et des herbes et des ronces avaient poussé dessus en quantité inimaginable.

« Tiens ! Un lapin ! » s'écria soudain Mick.

En effet, une grosse boule de fourrure beige traversait la cour sans se presser. L'animal disparut dans un trou, puis un autre lapin surgit, s'assit sur son derrière, regarda gravement les enfants et disparut lui aussi. Les trois jeunes Gauthier n'en revenaient pas. Jamais ils n'avaient vu de lapins aussi familiers.

Une troisième petite bête apparut. Elle ne parut même pas s'apercevoir de la présence des enfants. Au grand amusement des jeunes spectateurs, elle se mit à exécuter une série de cabrioles. C'en fut trop pour le pauvre Dago. Sans crier gare, il poussa un « Ouah ! » formidable et se précipita sur le lapin surpris.

Une brève seconde, le petit animal demeura comme figé sur place. On ne l'avait jamais effrayé ni poursuivi auparavant. Soudain, comprenant le danger, il se mit à fuir, sa queue minuscule dressée comme un signal de détresse, et disparut au sein d'un gros buisson, tout à côté des enfants. Dago se rua après lui et disparut à son tour. Un véritable feu d'artifice de sable et de terre s'éleva dans les airs : Dago s'efforçait avec frénésie d'agrandir le trou dans lequel le lapin venait de se faufiler. Il grattait le sol de ses griffes à une vitesse qui tenait du prodige.

« Dago ! Dago ! M'écouteras-tu ? Viens ici tout de suite ! » criait Claude.

Mais Dago n'obéit pas. Il continua au contraire de creuser, encore et encore. Claude se résolut à aller le chercher. Juste comme elle atteignait le buisson de ronces, Dago cessa de gratter le sol. Au bruit de ses puissantes griffes en action succéda un bref aboi d'épouvante, puis plus rien. Claude jeta un coup d'œil sous le fouillis épineux et demeura stupéfaite.

Dago avait disparu ! Non pas qu'il fût caché dans le buisson. Non ! Claude apercevait bien l'entrée du terrier de lapin, considérablement agrandie par le chien... mais le chien lui-même demeurait invisible.

« Mon Dieu, François... Dago a disparu ! annonça Claude d'une voix tremblante. Il n'aurait pu s'enfoncer dans le terrier du lapin, n'est-ce pas ? Il me semble qu'il est trop gros pour avoir pu passer par là ! »

Les enfants s'assemblèrent en hâte autour du buisson de ronces. Alors, des profondeurs de la terre leur parvint une plainte étouffée. François parut sidéré.

« Ma parole, il est bien dans le trou ! s'écria-t-il. Voilà qui est stupéfiant. Je n'ai jamais entendu parler d'un chien s'enfonçant ainsi dans un terrier de lapin. Comment allons-nous le tirer de là ?

— Pour commencer, décréta Claude, il nous faut déraciner ce buisson. »

François alla chercher une hache. À dire vrai, c'était plutôt une hachette, suffisante cependant pour couper les broussailles.

Les enfants travaillèrent avec ardeur. Au bout d'un certain temps leurs mains se trouvèrent en piteux état : les épines leur avaient arraché la peau, mais c'est à peine s'ils se soucièrent de ces égratignures. Ils avaient réussi ! François prit sa torche électrique et la tendit à bout de bras par l'ouverture.

Une exclamation de surprise lui échappa.

« Je comprends maintenant ce qui s'est passé ! Le vieux puits est ici ! Les lapins ont creusé leur terrier juste à côté. En voulant l'élargir, Dago a dégagé une partie du puits lui-même... et il est tombé au fond !

— Oh ! non, non ! s'écria Claude. Dag ! Dag ! Tu n'es pas blessé ? »

Un gémissement lointain frappa ses oreilles. De toute évidence, Dago était bien tombé dans le puits !

« Je crois qu'il n'y a qu'une seule chose à faire ! déclara François. Prenons nos bêches et travaillons à dégager encore l'ouverture. Nous ferons descendre une corde pour tirer Dago de là. »

Les enfants coururent chercher leurs bêches... Il ne leur fut pas très difficile de mener leur besogne à bien. Ils se penchèrent alors sur l'orifice béant au-dessous d'eux. Le trou semblait profond et très sombre. Il était impossible d'en distinguer le fond. François prit une pierre et la jeta dans le puits. Tous retinrent leur souffle, avides de surprendre le « plouf » qui, logiquement, devait suivre la chute du caillou. Mais ils n'entendirent rien. Ou il n'y avait plus d'eau au fond du puits, ou elle se trouvait à une profondeur telle que le bruit de la pierre devenait inaudible.

François penchait pour cette seconde hypothèse.

« Cependant, ajouta-t-il, si le trou est si profond, je ne m'explique pas que Dago ne se soit pas tué en tombant... ni que nous l'entendions encore. Je me demande où il peut être ! »

Il enfonça dans l'ouverture sa main armée de la torche électrique... et, tout de suite, aperçut le chien ! Bien des années auparavant, une grosse pierre avait dégringolé dans le puits, l'obstruant en partie. Elle était demeurée coincée dedans, à l'horizontale, et c'est sur ce perchoir imprévu que Dago était venu atterrir. La tête levée vers ses jeunes maîtres, il les regardait avec une expression d'effroi au fond des yeux.

Claude avisa une échelle de fer scellée contre la paroi intérieure du puits. Elle enjamba la margelle effondrée et entreprit de descendre les échelons rouillés. Grâce à la corde que Mick lui lança et qu'elle passa autour de Dago, elle réussit à le remonter à l'air libre. Une fois les quatre pattes sur terre, Dago se mit à bondir de tous côtés, aboyant à pleine voix et, dans ses transports joyeux, léchant tout ce qui passait à sa portée !

« Alors, Dag ! s'écria Mick. As-tu encore envie de donner la chasse aux lapins ? Il est vrai que

nous ne pouvons pas te gronder ! Grâce à toi nous avons découvert le puits ! À présent, il ne nous reste plus qu'à chercher tout autour pour trouver l'entrée du souterrain ! »

Une fois de plus, les enfants se mirent au travail... L'honneur de la découverte revint à Annie. Tout à fait par hasard, d'ailleurs... Se sentant fatiguée, elle s'était assise pour se reposer. Étendue tout de son long sur le ventre, elle s'amusait à gratter le sable avec ses doigts. Soudain, ceux-ci rencontrèrent un objet dur et froid. Annie écarta le sable et, à sa grande joie, aperçut un anneau de fer. Elle poussa une exclamation qui fit accourir les autres.

« Ohé ! criait Annie. Venez voir ! »

Claude, Mick et François se bousculèrent

dans leur hâte à la rejoindre. François prit sa bêche et dégagea complètement la dalle. Celle-ci devait cacher l'escalier aux oubliettes !

L'exaltation des enfants était à son comble. Tous essayèrent, chacun à son tour, de tirer sur l'anneau de fer, mais la pierre se refusa à bouger. Alors François attacha à l'anneau l'extrémité d'une corde et les quatre compagnons se mirent à haler celle-ci de toutes leurs forces réunies.

La dalle remua enfin. Mais ce n'était qu'un début.

« Allons-y ! Tous ensemble ! » cria François. Une fois encore tous quatre raidirent leurs muscles. La pierre bougea de nouveau et céda enfin. Dago se précipita vers le trou et se mit à aboyer avec frénésie.

Claude et François eurent vite fait de se remettre debout et coururent rejoindre le chien au bord du trou. Ils restèrent là un moment, regardant à leurs pieds, une expression de profond ravissement sur leurs jeunes visages. Enfin, ils avaient trouvé le fameux passage. Une volée de marches assez raides, creusées dans le roc, s'enfonçait dans les ténèbres souterraines.

« Venez ! cria François en brandissant sa torche. Descendons vite ! »

Les marches étaient glissantes. Dago s'y engagea le premier, perdit l'équilibre, et dégringola en hurlant de frayeur. François descendit derrière lui, puis Claude, suivie de Mick, et enfin Annie. Tous étaient haletants d'impatience. Qu'allaient-ils trouver au bout ? Déjà ils se voyaient entourés de monceaux d'or et autres fabuleux trésors.

Au bas de l'escalier régnait la pénombre. Une odeur d'humidité piquait les narines.

À la suite d'un bref palier, l'escalier reprenait. Il était fort long mais, tout de même, on arriva au bout. François alluma alors sa torche et regarda autour de lui. Un étrange spectacle s'offrit à ses yeux.

Les oubliettes du château de Kernach s'enfonçaient à même le roc. Ces sortes de grottes étaient-elles naturelles ou avaient-elles été creusées par la main de l'homme ? C'est ce que les enfants eussent été bien incapables de dire. En tout cas, elles étaient mystérieuses, obscures, et renvoyaient tous les bruits en mille échos sonores. François émit un léger sifflement et celui-ci se répercuta d'étrange manière.

« Comme c'est curieux ! » chuchota Claude.

L'écho s'empara de ses mots et les multiplia. Chaque oubliette tour à tour répéta : « Comme c'est curieux !... c'est curieux !... curieux !... »

« Dis-moi, François, demanda Mick, où penses-tu que se trouvent les lingots ? »

Et de nouveau, l'écho répéta ses paroles : « Où penses-tu que se trouvent les lingots ?... se trouvent les lingots ?... lingots ?... »

François se mit à rire... et son rire se transforma en une douzaine de rires différents qui semblaient provenir des oubliettes et envelopper les enfants de leurs ondes subtiles. C'était la chose la plus extraordinaire du monde.

« Venez donc ! dit François. Peut-être l'écho

nous laissera-t-il quelque répit un peu plus loin ! »

Tous s'éloignèrent du bas de l'escalier et entreprirent de visiter les cachots souterrains les plus proches d'eux. Ce n'était, en fait, que de simples caves rocheuses s'étendant sous le château.

Peut-être jadis avaient-elles servi de geôles à d'infortunés prisonniers mais, plus vraisemblablement, on les utilisait pour entreposer des objets et des provisions de toute sorte.

« Regardez par ici ! cria soudain Mick. Voici une grotte dont l'entrée est défendue par une porte ! Je suis sûr que c'est le cachot que nous cherchons !... Celui où se trouvent les lingots d'or ! »

Chapitre 13

Le trésor

Le faisceau lumineux de quatre torches éclairait la mystérieuse porte de bois. Celle-ci, bardée d'énormes clous de fer à tête ronde, avait l'air d'une solidité à toute épreuve. Avec un cri d'enthousiasme, François se rua dessus. Il ne doutait pas que, derrière elle, se trouvât le cachot indiqué sur le plan.

Hélas ! la porte était fermée. Pas moyen de l'ouvrir soit en tirant le battant, soit en le poussant ! Il y avait une serrure... mais pas la moindre clef dessus ! Les enfants, conscients de leur impuissance, contemplèrent la porte avec désespoir. Au diable l'obstacle ! Juste au moment où ils se voyaient déjà mettant la main sur les lingots, cette maudite porte leur barrait la route.

« Retournons chercher la hache ! proposa François. Peut-être pourrons-nous fendre le bois tout autour de la serrure et l'arracher.

— Excellente idée ! s'écria Claude, ravie. Revenons sur nos pas ! » Abandonnant la grosse porte, ils revinrent en arrière. Mais le souterrain était si vaste, il possédait tellement de ramifications, que les quatre compagnons perdirent leur chemin. Presque à chaque pas ils trébuchaient sur de vieux tonneaux défoncés, sur des morceaux de bois pourris, sur des bouteilles vides et autres objets sans valeur, mais n'arrivaient toujours pas à retrouver le boyau conduisant au bas de l'escalier par où ils étaient venus.

« C'est épouvantable, constata François au bout d'un long moment, mais je n'ai aucune idée de l'endroit où peut être l'entrée. Nous avons visité les cachots les uns après les autres, nous avons enfilé passage sur passage mais tous se ressemblent : sombres, nauséabonds et pleins de mystère.

— Pourvu que nous ne soyons pas condamnés à rester ici jusqu'à la fin de nos jours ! s'écria Annie, très effrayée.

— Grosse bête ! dit Mick d'un ton rassurant en lui prenant la main. Nous n'allons pas tarder à trouver la sortie. Hé !... Qu'est-ce que c'est que ça ? »

La petite troupe fit halte. Elle se trouvait à présent devant ce qui semblait être une sorte de haute cheminée de pierre qui coupait le souterrain depuis le sol jusqu'au plafond. François braqua sa torche dessus. Cette construction cylindrique l'intriguait.

« Je devine ce que c'est ! s'écria brusquement Claude. C'est le puits, bien sûr ! Vous vous rappelez qu'il figure tant sur le plan des oubliettes que sur celui du rez-de-chaussée. Eh bien, nous nous trouvons en présence de la partie qui s'enfonce dans la terre. Je me demande s'il n'existe pas une ouverture quelque part... de manière que l'on puisse puiser l'eau aussi bien de ce souterrain que de la partie à l'air libre... »

Tous se précipitèrent pour voir. De l'autre côté du cylindre en maçonnerie, ils découvrirent en effet une petite ouverture assez large pour que chacun des enfants, à tour de rôle, pût y passer la tête et les épaules. Avec leurs torches, ils essayèrent de voir le plus loin possible. Le puits était si profond qu'il était impossible d'en deviner la fin. Comme il l'avait fait un peu plus tôt à partir de l'orifice extérieur, François lança une pierre, mais il eut beau écouter, aucun son, cette fois encore, ne parvint à ses oreilles. Il regarda en haut et, à son grand soulagement, aperçut la faible lumière du jour qui se glissait entre les parois du puits et la grosse pierre qui l'obstruait en partie... cette fameuse pierre sur laquelle Dago avait longtemps attendu qu'on vienne le délivrer.

« Plus de doute ! dit-il. Claude avait raison. Il s'agit bien de notre puits ! Nous avons de la chance ! À présent que nous avons trouvé ce repère, nous savons que l'escalier des oubliettes n'est plus très loin. »

Cette assurance réconforta beaucoup les enfants. Se tenant par la main, ils se mirent à chercher dans l'obscurité que trouait seulement le maigre faisceau de leurs lampes électriques.

Annie poussa soudain un cri de joie.

« Voici l'entrée ! Ou plutôt la sortie ! J'aperçois la lumière du jour ! »

Ils coururent jusqu'au prochain tournant et, à leur grande joie, se retrouvèrent devant la volée de marches conduisant à l'air libre. François regarda autour de lui afin de savoir quelle direction prendre lorsqu'ils reviendraient. C'est qu'il n'était pas sûr du tout de pouvoir retrouver la porte de bois !

Tous quatre se dépêchèrent de remonter au grand jour. Là-haut, le soleil brillait et il était délicieux de sentir sa bonne chaleur qui contrastait si fort avec l'air glacé des oubliettes.

François consulta sa montre et poussa une exclamation de surprise.

« Il est six heures et demie ! *Six heures et demie !* Pas étonnant que j'aie une telle faim. Nous n'avons même pas pris le temps de goûter. Nous avons travaillé et erré dans ce souterrain des heures durant !

— Eh bien, allons manger avant de reprendre nos investigations ! proposa Mick. J'ai l'impression de n'avoir rien mangé depuis au moins un an !

— Ma foi, si l'on considère que tu as englouti deux fois plus de victuailles qu'aucun d'entre nous au repas de midi... », commença François avec indignation. Puis il s'interrompit et déclara avec un bon sourire : « Au fond, j'éprouve la même sensation que toi. Venez tous ! Faisons un solide repas. Claude, cela t'ennuierait-il de mettre de l'eau sur le feu ? Nous ferions bien de boire quelque chose de chaud, un bon chocolat, par exemple ! Je me sens gelé après tout ce temps passé sous terre. »

Les enfants trouvèrent amusant de faire bouillir une casserole d'eau sur un feu de branches mortes. Et quel délice de se prélasser au soleil couchant tout en grignotant du pain et du fromage et en se régalant de cake et de biscuits ! Tout cela était fort agréable. Dago, lui aussi, eut droit à un bon repas. La randonnée n'avait pas été de son goût et, tant qu'il était demeuré dans le souterrain, il n'avait pas quitté les enfants, les suivant de tout près et la queue basse. Il avait été très effrayé, en particulier, par lés bruits étranges renvoyés par l'écho.

À un certain moment, le chien s'était risqué à aboyer et alors le pauvre Dag avait eu l'impression que les cachots se peuplaient brusquement d'une foule de chiens en train d'aboyer aussi fort que lui. Après cette effrayante expérience, il ne s'était plus permis de pousser le moindre gémissement. Mais à présent il se sentait de nouveau très heureux, attrapant au vol les bons morceaux que lui jetaient les enfants.

Lorsque les jeunes affamés eurent terminé leur repas et rangé le reste de leurs provisions, ils constatèrent que leur montre marquait huit heures. Le jour déclinait rapidement et il commençait à faire frais.

« Pour ma part, dit François, je n'ai plus du tout envie de redescendre dans le souterrain aujourd'hui ! Non ! Et pourtant j'aimerais attaquer cette porte à coups de hache et voir ce qu'il

y a derrière. Mais je suis trop fatigué ! Et puis, je n'aimerais pas risquer de me perdre au milieu de tous ces boyaux pendant qu'il fait nuit. »

Les autres se déclarèrent d'accord avec lui, surtout Annie qui n'avait cessé de redouter en secret de s'enfoncer de nouveau sous terre après le coucher du soleil. D'ailleurs, la petite fille s'endormait à moitié. La fatigue et les émotions de la journée avaient eu raison d'elle.

« Debout, Annie ! ordonna Claude en obligeant sa cousine à se lever. Il faut aller se coucher ! Nous allons nous étendre dans un coin de la grande pièce, roulés dans nos couvertures, et demain, au réveil, la pensée d'avoir à ouvrir cette mystérieuse porte nous paraîtra plus excitante que jamais ! »

Les quatre enfants, suivis de Dago, regagnèrent donc la petite salle abritée et se blottirent sous leurs couvertures. Dago se glissa auprès des deux fillettes et se coucha en travers de leurs jambes. Il était si lourd qu'Annie le repoussa.

Claude tira Dag à elle, lui permit de s'installer sur ses propres jambes et demeura étendue, à l'écouter respirer. Elle se sentait très heureuse. Elle allait passer une nuit sur son île. Ses cousins et elle avaient presque découvert les lingots, elle en était sûre. Dago était là, dormant à son côté. Allons, peut-être les choses allaient-elles s'arranger après tout...

Elle s'endormit à son tour. Avec Dago comme chien de garde, les enfants n'avaient rien à redouter. Ils ne firent qu'un somme jusqu'au matin. Ce fut l'incorrigible Dag qui les réveilla : il avait aperçu un lapin au-delà de l'arche brisée servant de porte à la petite salle et se précipita dehors pour lui donner la chasse. Le bond qu'il fit arracha Claude à ses rêves. Elle se mit sur son séant et se frotta les yeux.

« Debout ! cria-t-elle aux autres. Réveillez-vous tous ! Il fait grand jour et nous sommes sur l'île. »

Ses cousins furent prompts à se lever. Au souvenir de leurs découvertes de la veille, ils se sentaient soudain pleins d'entrain. La première pensée de François fut pour la porte de bois. Il se croyait de taille à en venir à bout avec l'aide de sa hache. Et alors, que trouveraient-ils derrière ?

On commença par déjeuner gaiement. Il ne fallait pas se mettre en route le ventre vide. Puis

François prit sa hache et tous se dirigèrent vers l'entrée des oubliettes. Dago suivit la petite troupe, remuant la queue par habitude, mais au fond assez inquiet en devinant qu'on allait retourner en cet endroit bizarre où tant de chiens aboyaient à la fois sans qu'on en aperçoive aucun.

Les enfants descendirent dans le souterrain. Et alors, bien entendu, il leur fut impossible de savoir quelle direction prendre pour retrouver la porte de bois. C'était fort ennuyeux.

« Nous allons encore nous perdre comme hier soir, soupira Claude avec désespoir. Ces cachots et leurs couloirs forment un vrai labyrinthe ! Nous n'arriverons jamais à en situer l'entrée. »

François eut alors une idée de génie. Il se rappela avoir dans sa poche un morceau de craie blanche, l'en tira et, après être revenu sur ses pas jusqu'à l'escalier, fit une marque sur le mur à cet endroit. Puis il continua à tracer des flèches sur les murs au fur et à mesure que lui et ses compagnons s'éloignaient le long de l'obscur boyau. Ils parvinrent au puits sans encombre et François s'en réjouit à haute voix.

« À présent, dit-il, chaque fois que nous arriverons à ce puits, nous serons du moins capables de revenir aisément vers la sortie : il n'y aura qu'à suivre mes marques de craie. Passons au problème suivant... Quel chemin allons-nous prendre ? Nous allons essayer un premier couloir et je marquerai les murs tout le long : s'il ne s'agit pas de celui conduisant à la porte, nous n'aurons qu'à revenir sur nos pas en effaçant les flèches. En prenant de nouveau le puits comme point de départ, nous en essaierons alors un autre, jusqu'à ce que nous tombions sur le bon ! »

C'était vraiment là une excellente idée. Le premier couloir ne mena les enfants nulle part et ils durent rebrousser chemin en effaçant les flèches. Arrivés au puits, ils repartirent dans une autre direction. Et, cette fois, ils trouvèrent la porte de bois !

Elle se dressait devant eux, leur opposant sa masse solide, que renforçaient encore ses gros clous rouillés. Ils la contemplèrent avec un sentiment de triomphe. François leva sa hache.

Crac ! Il frappa de toutes ses forces, juste contre la serrure. Mais le bois, en dépit de sa vétusté, était encore résistant, et le tranchant de l'outil ne fit que l'entamer. François leva la hache une seconde fois. Hélas ! le fer retomba sur l'un des clous et glissa de côté. Un gros éclat de bois s'envola... et le pauvre Mick le reçut en plein sur la joue.

Le jeune garçon poussa un cri de douleur. François, épouvanté, abandonna sa hache et examina le blessé. La joue de Mick saignait abondamment.

« Quelque chose a sauté de cette maudite porte et m'a frappé, expliqua Mick. Une grosse écharde, je crois...

— Quel ennui ! murmura François en tournant la lumière de sa torche de manière à bien éclairer son frère. Crois-tu avoir assez de courage pour me laisser retirer l'écharde ? Car c'en

est une, une grosse, qui s'est fichée en plein dans ta pauvre joue. »

Mick préféra retirer l'écharde lui-même. Il fit une grimace de douleur et, sitôt après, devint tout pâle.

« Tu ferais bien de remonter au grand air un instant, conseilla François. De toute manière il faut nettoyer cette petite blessure et empêcher le sang de couler davantage. Annie a un mouchoir de rechange. Il faudra le tremper dans l'eau et tamponner ta joue.

— Je vais remonter avec Mick, décida Annie. Tu peux rester ici avec Claude, François. Il n'est pas nécessaire que nous partions tous. »

Mais François jugeait préférable d'accompagner Mick jusqu'à l'air libre. Ensuite, il le laisserait avec Annie et retournerait auprès de

Claude pour en finir avec cette maudite porte. Il tendit la hache à sa cousine.

« Je vais avec eux, expliqua-t-il. Pendant ce temps-là, tu peux toujours essayer d'entamer ce battant. Mieux vaut ne pas perdre de temps. Il en faudra pas mal avant d'avoir raison de cette porte. Je serai de retour d'ici quelques minutes. Le trajet sera rapide à présent que nous avons eu soin de jalonner notre route.

— Entendu, acquiesça Claude en prenant la hache. Pauvre vieux Mick !... Il est blanc comme un linge ! »

Laissant derrière lui Dago et Claude qui, déjà, attaquait avec ardeur la grosse porte, François ramena Mick et Annie à l'air libre. La petite fille trempa un coin de son mouchoir propre dans l'eau de la casserole et essuya avec des gestes doux la blessure de son frère. La joue de Mick saignait encore beaucoup mais, malgré tout, l'entaille n'était pas très profonde. Le jeune garçon ne tarda pas à reprendre des couleurs et parla même de redescendre avec François dans le souterrain.

« Non, dit François. Il est plus prudent que tu restes un moment allongé sur l'herbe. Mets-toi à plat sur le dos. C'est une position recommandée quand on saigne du nez... Sans doute est-elle bonne aussi quand on saigne de la joue. Essaie toujours. Que diriez-vous, Annie et toi, d'aller vous installer là-bas, sur ces rochers d'où l'on peut apercevoir l'épave ? Vous pourriez vous y reposer une petite demi-heure. Allons, venez ! Je vais vous y conduire, et puis je vous quitterai. »

François conduisit donc son frère et sa sœur hors de la cour du château, jusqu'aux rochers de l'île qui faisaient face au grand large. La coque sombre de la vieille épave était toujours prisonnière des brisants. Mick s'étendit sur le dos et se mit à contempler le ciel, souhaitant tout bas que sa joue s'arrête bien vite de saigner. Il ne voulait pas que les autres découvrent le trésor sans lui.

Annie lui prit la main. Le petit accident dont son frère avait été victime l'avait bouleversée. Elle aussi espérait ardemment assister à la découverte des lingots mais elle entendait demeurer auprès du blessé jusqu'à ce qu'il aille mieux. François leur tint compagnie une minute ou deux, puis retourna au petit escalier de pierre et disparut...

Une fois sous terre, le jeune garçon suivit ses marques de craie et arriva assez vite à l'endroit où Claude s'acharnait toujours contre la porte.

Elle avait démoli le battant tout autour de la serrure mais la porte refusait encore de s'ouvrir. François lui prit la hache des mains et frappa de toutes ses forces.

À la seconde tentative, la serrure parut enfin vouloir céder. Elle prit du jeu et glissa un peu de côté. François posa sa hache à terre.

« Elle ne tient pratiquement plus, dit-il d'une voix haletante. Nous allons en finir d'un coup. Ote-toi de là, Dago, mon vieux. Et toi, Claude, pousse en même temps que moi ! »

Les deux cousins poussèrent ensemble et la serrure finit de céder dans un horrible craquement. L'énorme porte s'ouvrit en grinçant et les deux cousins se précipitèrent à l'intérieur en brandissant leurs torches.

La pièce dans laquelle ils se trouvaient n'était guère plus qu'une cave, creusée comme les autres dans le roc. Cependant elle différait des précédentes car, tout au fond, s'entassaient en désordre de curieux objets, ayant approximativement la forme de briques. Mais c'étaient des briques très spéciales, faites d'un métal terni et jaunâtre. François en ramassa une.

« Claude ! cria-t-il. Les lingots ! Ces briques sont en or véritable ! Oh ! je sais qu'elles n'en ont pas l'air... mais c'est bien de l'or tout de même. Claude, oh ! Claude, il y a une véritable fortune ici, dans cette cave... et elle est à toi ! Nous avons fini par découvrir le trésor ! »

Chapitre 14

Pris au piège !

Claude était incapable de dire un mot. Elle avait ramassé un des lingots et demeurait immobile, les yeux fixés sur le gros tas d'or devant elle. Elle n'arrivait pas à croire que ces objets bizarres, ressemblant un peu à des briques, fussent d'un métal aussi précieux. Son cœur battait à se rompre. Quelle découverte inouïe, sensationnelle !

Soudain, Dago se mit à gronder sourdement. Il tournait le dos aux enfants, le museau pointé vers la porte. Puis il se déchaîna et ses aboiements emplirent la cave.

« Veux-tu te taire, Dag ! lui ordonna François. Qu'as-tu donc entendu ? C'est peut-être les autres qui viennent nous rejoindre ! »

Il alla vers la porte et, les mains en porte-voix, cria de toutes ses forces :

« Mick ! Annie ! Est-ce vous ? Venez vite ! Nous avons trouvé les lingots ! Ils sont ici ! Dépêchez-vous ! » Dago cessa d'aboyer mais se remit à gronder. Claude s'inquiéta.

« Je trouve l'attitude de Dago bien bizarre, dit-elle. Il ne ferait pas ça s'il s'agissait d'Annie et de Mick. »

Elle n'avait pas fini de parler que les deux cousins éprouvèrent un rude choc en entendant une voix d'homme résonner dans l'étroit boyau, éveillant mille échos à la ronde.

« Qui est là ? Qui diable est descendu ici ? »

Dans sa frayeur, Claude s'agrippa à François. Dago continuait à gronder, les poils de son échine tout hérissés.

« Tiens-toi tranquille, Dago ! » murmura Claude en éteignant sa torche.

Mais le chien ne tint aucun compte de l'injonction. Le grondement qui sortait de sa gorge ne s'interrompit pas.

Tout à coup, les enfants virent le faisceau d'une puissante torche électrique jaillir dans le passage, à quelque distance d'eux. Puis la lumière les inonda et celui qui portait la torche, surpris de les apercevoir, s'arrêta net.

« Tiens, tiens ! dit la même voix qui les avait effrayés un instant plus tôt. Par exemple ! Deux enfants dans les caves de mon château !

— Que voulez-vous dire avec votre château ? s'écria Claude.

— Eh bien, ma petite fille, que ceci est mon

château, parce que je suis en train de l'acheter ! » Une seconde voix, plus hargneuse, s'éleva derrière le dos de celui qui parlait. « Que faites-vous dans ce souterrain, les gosses ? Qui sont ce Mick et cette Annie que vous appeliez un instant plus tôt ? Et qu'est-ce que ces lingots que vous avez trouvés ? De quelle sorte de lingots s'agit-il ?

— Ne réponds pas ! » chuchota François à Claude.

Hélas ! l'écho s'empara de ses paroles et les répéta tout fort dans le passage : « Ne réponds pas ! Ne réponds pas ! »

« Ainsi, vous ne voulez pas répondre ! » grommela l'homme à qui appartenait la seconde voix.

Et il s'avança d'un air menaçant vers les deux cousins.

Dago montra ses crocs mais l'individu ne parut pas le moins du monde impressionné.

Il se dirigea tout droit vers la porte et procéda à un examen hâtif de la cave en s'éclairant avec sa torche.

« Gustave ! Regarde donc ! dit-il. Tu avais raison. L'or perdu se trouve bien dans le souterrain. Et comme il sera facile à emporter ! Tout en lingots... Ma parole, nous sommes tombés sur un véritable filon !

— Cet or est à moi ! coupa Claude, rouge de colère. L'île et le château appartiennent à ma mère... et tout ce qu'ils renferment également. Ce trésor a été apporté ici et mis en sûreté par mon trisaïeul, avant que son navire fasse naufrage. Cet or n'est pas à vous et ne le sera jamais.

Dès mon retour à la maison je dirai à papa et à maman ce que nous avons trouvé, et alors je vous garantis qu'ils ne vous vendront ni l'île ni le château. C'est très malin de votre part d'avoir déchiffré et compris les indications du vieux parchemin trouvé dans le coffret, mais nous avons été encore plus malins que vous ! Nous avons découvert le trésor les premiers ! »

Les deux hommes avaient écouté en silence le petit discours de Claude, prononcé d'une voix claire mais chargée de colère. Soudain, l'un d'eux éclata de rire.

« Tu n'es qu'une gamine ! lança-t-il. Tu ne te crois tout de même pas de taille à contrecarrer nos projets ? Nous allons bel et bien acheter cette île et tout ce qu'elle contient ! Nous emporterons l'or dès que l'acte de vente sera signé ! D'ailleurs, même si par le plus grand des hasards nous ne pouvons acquérir l'île, nous prendrons l'or quand même ! Il sera facile d'amener un bateau près d'ici et d'y transporter les lingots avec notre canot. Ne te fais pas d'illusions ! Nous obtiendrons ce que nous désirons.

— Jamais de la vie ! s'écria Claude en faisant un pas en avant. Je rentre tout droit à la maison prévenir papa de ce qui se passe ici !

— Non, ma petite. Tu ne vas pas rentrer chez toi ! affirma le premier individu en saisissant Claude par les épaules et en la forçant à réintégrer la cave. Tu vas rester ici ! Et si tu ne veux pas que j'abatte ce chien qui a l'air prêt à me mordre, fais-le tenir tranquille ! »

À sa grande terreur, Claude s'aperçut alors

que l'homme tenait à la main un petit pistolet qui luisait d'un sinistre éclat. D'un geste prompt, elle saisit Dago par son collier et le tira à elle.

— Paix ! Paix, Dago ! dit-elle. Tout va bien ! »

Mais Dago devinait que, bien au contraire, tout allait très mal. Son instinct le lui soufflait. Et il continua à gronder férocement.

« À présent, écoutez-moi ! » dit l'homme aux deux enfants. Il venait d'avoir une rapide conversation avec son compagnon et semblait avoir abouti à une décision. « Si vous êtes raisonnables, il ne vous arrivera rien de fâcheux. Mais si vous vous obstinez à vouloir nous mettre des bâtons dans les roues, alors vous aurez à vous repentir. Voici ce que nous nous proposons de faire... Mon ami et moi allons partir à bord de notre canot à moteur en vous laissant enfermés ici. Après avoir loué un bateau, nous reviendrons chercher l'or. Nous estimons qu'il n'est plus nécessaire d'acheter l'île maintenant que nous avons mis la main sur le trésor. »

Il parut ne prêter aucune attention aux regards affolés que les enfants échangeaient entre eux.

« À présent, continua-t-il, vous allez écrire un billet destiné à vos jeunes amis qui sont là-haut pour leur dire que vous avez trouvé l'or, et leur proposer de venir voir... Quand ils vous auront rejoints, nous vous enfermerons tous les quatre dans la cave au trésor. Vous pourrez vous amuser avec les lingots si cela vous fait plaisir. Rassurez-vous, nous ne vous laisserons pas mourir de faim ni de soif d'ici à notre retour. Nous vous donnerons des provisions... »

L'autre individu tira un crayon et un bout de papier de sa poche.

« Tenez, dit-il. Écrivez un mot à Mick et à Annie. Vous enverrez votre chien le leur porter. J'imagine qu'il saura se débrouiller. Allons, pressons !

— Je refuse ! s'écria Claude, hors d'elle. Je n'écrirai rien du tout. Vous ne pouvez m'obliger à faire une chose pareille ! Et je ne vous permettrai pas non plus d'emporter mon or, alors que je viens de le découvrir. »

L'un des hommes eut une brusque inspiration.

« Nous tuerons ton chien, si tu ne nous obéis pas ! » dit-il en levant un peu le canon de son pistolet. Claude sentit son cœur se glacer et poussa un cri d'effroi.

« Non, non ! supplia-t-elle.

— Alors, écris le billet ! insista l'homme.

— Je ne peux pas ! Je ne veux pas que vous vous empariez de Mick et d'Annie !

— Très bien. Je vais donc abattre cet animal. »

L'homme tourna l'arme en direction de Dago. Claude jeta ses bras autour du cou de Dago et se mit à hurler.

« Non, non ! Arrêtez ! Je vais écrire ce billet. Ne tirez pas ! Ne tirez pas ! »

Là-dessus, la fillette prit le papier et le crayon d'une main tremblante et regarda son tourmenteur.

« Écris ! ordonna-t-il. “Cher Mick et chère Annie. Nous avons trouvé l'or. Venez tout de suite nous retrouver dans la cave.” Puis signez de votre nom. »

Claude écrivit ce que l'homme lui avait dicté. Ensuite, toujours docile, elle signa de son nom. Seulement, au lieu de « Claude », elle mit « Claudine » au bas du message. Elle se disait que Mick et Annie devineraient bien que jamais elle ne signait ses lettres ainsi. N'avait-elle pas horreur du prénom de Claudine ? Elle espérait les avertir ainsi indirectement qu'il se passait quelque chose d'insolite dans le souterrain.

L'homme prit le billet, le lut et l'attacha au collier de Dago. Durant l'opération, le chien ne cessa de gronder, mais Claude réussit à l'empêcher de mordre.

« Et maintenant, dites-lui d'aller retrouver vos amis ! ordonna l'inquiétant personnage.

— Va... va trouver Mick et Annie ! dit Claude. Va, Dago ! Rejoins Mick et Annie. Donne-leur ma lettre ! »

Dago n'avait aucune envie de quitter sa jeune maîtresse, mais il parut comprendre la note d'urgence contenue dans sa voix.

Après un dernier regard à Claude et un dernier coup de langue, il se mit en route et disparut dans le souterrain. Le brave animal sut à merveille retrouver son chemin. Il gravit les marches de pierre et déboucha au grand jour. S'arrêtant alors au milieu de la vieille cour, il se mit à renifler. Où étaient Mick et Annie ?

Il flaira la trace de leurs pas puis se mit à courir, sa truffe au ras du sol. Il ne tarda pas à découvrir les deux enfants étendus sur les rochers.

Mick se sentait à présent beaucoup mieux et sa joue ne saignait presque plus. À la vue du chien, il se redressa.

« Sapristi ! jeta-t-il d'un ton surpris. Mais c'est Dago ! Comment se fait-il, mon vieux Dago, que tu sois venu nous retrouver ? Tu en avais assez de rester sous terre si longtemps, pas vrai ?

— Oh ! Mick ! Regarde ! Il y a quelque chose de blanc attaché à son collier ! dit Annie, les yeux fixés sur le papier. C'est un message. Je suppose que ce sont les autres qui nous écrivent de venir les rejoindre ! Dago est rudement intelligent d'avoir compris qu'il devait faire le facteur ! »

Mick détacha le billet du collier de Dag. Il le déplia et lut ce qui était écrit dessus.

« Cher Mick et chère Annie », commença-t-il à haute voix. « Nous avons trouvé l'or. Venez tout de suite nous retrouver dans la cave. Claudine.

— Ooooh ! s'écria Annie dont les yeux se mirent à briller de joie. François et Claude ont trouvé le trésor ! Mick, te sens-tu assez bien à présent pour redescendre ? Il faut nous dépêcher. »

Mais Mick ne fit même pas mine de se lever. Il resta assis sur les rochers, regardant le message d'un air absorbé.

« Qu'y a-t-il ? demanda Annie qui s'impatientait.

— Ma foi, je trouve drôle que Claude ait signé Claudine ! expliqua Mick en hochant la tête d'un air perplexe. Tu sais à quel point elle déteste être une fille et avoir un nom de fille. Tu sais aussi qu'elle ne répond jamais si on a le malheur de l'appeler Claudine. Et pourtant, sur ce mot, elle se désigne elle-même par ce prénom... Oui, cela me semble bizarre. On dirait presque qu'elle veut ainsi attirer notre attention... comme pour nous avertir que quelque chose ne va pas.

— Ne sois donc pas stupide, Mick ! s'écria Annie. Pourquoi veux-tu que quelque chose n'aille pas ? Viens donc. Il me tarde de rejoindre Claude et François.

— Attends un peu, Annie ! Je m'en vais jeter un coup d'œil au petit port pour être bien sûr que personne d'autre n'a abordé dans l'île, décida Mick. En attendant, toi, reste ici ! »

Mais Annie n'entendait pas rester toute seule. Elle se mit donc à suivre Mick, sans cesser de lui répéter qu'il était stupide.

Cependant, quand le frère et la sœur arrivèrent en vue du petit navire, ils découvrirent qu'un autre canot gisait sur le sable, non loin du leur. C'était un canot à moteur. Mick ne s'était pas trompé. *Il y avait* des étrangers sur l'île !

« Tu vois, dit le jeune garçon dans un murmure. Quelqu'un a débarqué ici. C'est sûrement cet individu qui désire acheter le château. Je parie qu'il a déchiffré le parchemin et qu'il sait qu'un trésor est caché dans les souterrains. Il a dû rencontrer Claude et François en bas... À mon avis, il veut que nous allions les rejoindre pour nous retenir prisonniers tous les quatre tandis qu'il volera l'or ! C'est lui qui a obligé Claude à nous écrire ce mot... Mais elle a été assez rusée pour signer d'un prénom qu'elle n'emploie jamais... pour nous avertir ! Et maintenant... il s'agit de réfléchir très vite. Voyons, qu'allons-nous faire ? »

Chapitre 15

Mick à la rescousse

Mick prit Annie par la main et la tira vivement en arrière, hors de vue de la petite baie. Peut-être l'homme n'était-il pas venu seul à terre. Peut-être un guetteur se trouvait-il quelque part aux alentours et risquait-il d'apercevoir les enfants... Forçant sa sœur à courir, le jeune garçon l'entraîna jusqu'à la petite salle où ils avaient passé la nuit. Arrivés là, tous deux s'assirent dans un coin.

« Il n'y a plus aucun doute à avoir, déclara Mick dans un murmure. François et Claude ont été surpris par des visiteurs inconnus alors qu'ils tentaient d'ouvrir la porte du cachot au trésor. Je me demande bien ce que nous allons pouvoir faire... Une chose est certaine : il nous est impossible de redescendre dans le souterrain si nous ne voulons pas être pris à notre tour. Tiens... où donc s'en va Dago ? »

Le chien les avait suivis jusqu'à présent mais, tout d'un coup, semblait se décider à leur fausser compagnie. Il courut d'une traite jusqu'à l'entrée du souterrain et disparut par l'ouverture. Il semblait vouloir rejoindre Claude au plus vite, car son instinct l'avertissait qu'elle se trouvait en danger. Mick et Annie le suivirent d'un regard angoissé. Tant que Dago était resté auprès d'eux, ils avaient puisé dans sa présence un grand sentiment de réconfort. Mais maintenant qu'il était parti, tous deux se sentaient plus isolés que jamais.

Ni l'un ni l'autre n'était capable de prendre une décision. Soudain, une idée vint à Annie.

« Je sais ce qu'il faut faire ! s'écria-t-elle. Échappons-nous avec le canot et allons à terre demander du secours.

— J'y ai déjà pensé, répliqua Mick d'un air sombre, mais je crois que nous serions incapables de nous faufiler entre les brisants sans chavirer. D'ailleurs, nous n'aurions pas la force de ramer jusqu'à la côte. Le problème paraît insoluble. »

Cependant, le frère et la sœur n'eurent pas longtemps à se creuser la tête. Les deux hommes sortirent du souterrain et se mirent à leur recherche. Ils avaient vu Dago revenir sans le message et compris de ce fait que Mick et Annie avaient lu le billet. Pourtant, ils ne s'expliquaient pas pourquoi les deux enfants n'avaient pas répondu à l'appel de Claude et n'étaient pas venus rejoindre les autres.

Mick entendit leurs voix. Aussitôt, il serra le

bras d'Annie pour l'empêcher de bouger. Se rapprochant avec précaution de l'arche brisée, il aperçut leurs ennemis et, avec soulagement, constata qu'ils s'éloignaient dans la direction opposée.

« Annie ! Je sais où nous pouvons nous cacher ! murmura le jeune garçon, tout heureux de sa bonne idée. Courons au vieux puits. Nous descendrons quelques échelons de l'échelle de fer et nous resterons tapis là aussi longtemps qu'il le faudra. Je suis sûr qu'aucun de ces bandits n'aura l'idée d'y regarder ! »

La perspective de rester accrochée à la petite échelle rouillée, dans la pénombre du puits, ne souriait guère à Annie. Mais Mick l'obligea à se mettre debout et à traverser en courant l'espace découvert qui les séparait du centre de la cour.

Les hommes étaient en train d'effectuer une battue de l'autre côté du château. Les deux enfants avaient juste le temps de se cacher avant leur retour.

Mick aida Annie à descendre les échelons. La petite fille avait peur. Son frère se faufila à son tour par l'ouverture.

La grosse dalle sur laquelle Dago était resté perché après sa dégringolade dans le puits était toujours à la même place. Mick descendit jusqu'à elle et pesa dessus, tout en restant agrippé à l'échelle : la dalle était si bien coincée qu'elle ne bougea pas le moins du monde.

« Cette pierre est assez solide pour que tu t'asseyes dessus, Annie, dit-il à sa sœur dans un souffle. Viens donc, ce sera moins fatigant que de te cramponner à ces barreaux. »

Annie obéit en frissonnant. Les deux enfants demeurèrent ainsi un grand moment, espérant du fond du cœur qu'on ne viendrait pas les chercher au fond de cette incommode cachette. Bientôt ils entendirent les deux hommes qui revenaient et se rapprochaient. Pour finir, les bandits ne trouvèrent rien de mieux que d'appeler à haute voix :

« Mick ! Annie ! Les autres vous réclament ! Où êtes-vous ? Nous avons de bonnes nouvelles pour vous !

— Dans ce cas, siffla Mick entre ses dents, pourquoi ne laissent-ils pas Claude et François nous les communiquer eux-mêmes ? Leur malice est cousue de fil blanc. Je me doutais bien qu'il se passait quelque chose de louche dans le souterrain ! Je donnerais cher pour rejoindre Claude et François et savoir ce qui est arrivé ! »

À présent, les deux hommes se trouvaient dans la cour. Ils semblaient très en colère.

« Où diable sont passés ces maudits gamins ? grommela l'un d'eux. Leur canot est toujours sur la grève, ce qui prouve qu'ils n'ont pas quitté l'île. Ils se cachent sûrement quelque part. Nous n'allons tout de même pas les attendre toute la journée !

— Tu as raison ! Nous n'avons pas de temps à perdre. Descendons des provisions et de quoi boire à nos prisonniers. J'ai aperçu un tas de victuailles dans la petite salle aux murs de pierre. Ce doit être la réserve des enfants. Nous en laisserons la moitié sur place pour que les deux autres puissent manger aussi. Et en partant nous emmènerons leur canot de manière qu'il leur soit impossible de prendre le large.

— D'accord ! L'essentiel est d'emporter l'or loin d'ici le plus vite possible et de retenir ces quatre gosses prisonniers sur l'île jusqu'à ce que nous soyons en sûreté avec notre butin. Plus besoin de nous préoccuper d'acheter le château. Après tout, nous n'avions eu cette idée que parce que nous espérions mettre la main sur le trésor. Ces gamins l'ont déniché pour nous. La vie est belle.

— Allons, cesse de bavarder et viens donc ! Occupons-nous de ravitailler nos prisonniers, et au diable les autres ! Mieux vaut pourtant que tu demeures ici pendant que je redescends. On ne sait jamais. Ils peuvent revenir et tu n'auras qu'à les attraper. »

Mick et Annie osaient à peine respirer en écoutant ce dialogue. Pourvu qu'au dernier moment les bandits n'aient pas l'idée de jeter un coup d'œil dans le puits ! Ils entendirent l'un des hommes se diriger vers la petite salle. Sans doute allait-il y prendre les provisions destinées aux deux prisonniers. L'autre homme demeura dans la cour, sifflotant un air à la mode.

Le temps coula, interminable sembla-t-il aux enfants ! Enfin le premier bandit revint et, un moment plus tard, son compagnon et lui s'éloignèrent en direction de la petite crique. Mick entendit bientôt le bruit d'un moteur que l'on mettait en marche.

« Nous pouvons sortir à présent, Annie ! déclara-t-il. Ce n'est pas trop tôt ! Il fait rudement froid ici. Il me tarde de me retrouver au bon soleil ! »

Tous deux se dépêchèrent de quitter leur cachette et demeurèrent un instant immobiles, à se chauffer aux rayons du brûlant soleil d'été. Puis, regardant du côté de la mer en prenant la précaution de rester eux-mêmes invisibles, ils distinguèrent le canot à moteur des bandits qui piquait droit vers la terre ferme.

« Bon ! Nous en voilà débarrassés pour le moment ! s'exclama Mick tout joyeux. Et ils n'ont pas pris notre bateau, comme ils avaient dit ! Si seulement nous pouvions délivrer François et Claude, nous pourrions aller chercher du secours. Claude, elle, est capable de ramer jusqu'à la côte !

— Et pourquoi ne pourrions-nous pas les délivrer ? s'écria Annie dont les yeux se mirent à briller soudain. Nous n'avons qu'à descendre dans le souterrain et déverrouiller la porte, tu ne crois pas ?

— Hélas ! répondit Mick tristement. Tu n'as donc pas vu ? Regarde... »

Annie regarda dans la direction indiquée. Elle s'aperçut alors que les deux bandits avaient empilé d'énormes et lourdes pierres à l'entrée du souterrain. Il leur avait fallu certainement réunir toutes leurs forces pour accumuler des obstacles aussi pesants. Mick et Annie ne pouvaient espérer dégager le passage. Celui-ci était bel et bien bloqué.

« Impossible de passer par l'escalier de pierre, fit remarquer Mick. Ces hommes se sont débrouillés pour nous en empêcher. Nous voilà bien ! Et nous n'avons aucune idée de l'endroit où peut se trouver la seconde entrée. Tout ce que nous savons, c'est qu'elle doit être près de la tour aux choucas !

— Cherchons-la tout de même ! » s'écria Annie avec ardeur.

Mick et elle se dirigèrent vers la tour qui se trouvait à leur droite mais ils eurent tôt fait de comprendre que, si la seconde entrée avait jamais existé, elle avait bel et bien disparu aujourd'hui. Le château était en ruine à cet endroit-là et le sol, tout autour du repaire des choucas, encore debout par miracle, se hérissait de gros blocs de pierre impossibles à déplacer. Les enfants durent abandonner leurs recherches.

« Flûte ! s'écria Mick à la fin. Quand je pense que Claude et ce pauvre vieux François sont prisonniers des oubliettes et que nous ne pouvons rien pour les tirer de là !... Annie, efforce-toi donc d'avoir une idée quelconque ! »

Annie s'assit sur une pierre et se mit à réfléchir très fort. Comme elle eût aimé venir en aide à son frère et à sa cousine ! Soudain, son visage s'éclaira un peu et elle se tourna vers Mick.

« Mick ! Dis-moi... Crois-tu qu'il nous serait possible de descendre plus bas dans le puits ? demanda-t-elle. Tu sais que celui-ci traverse les oubliettes... et qu'il donne dans le souterrain lui-même par une ouverture ! Souviens-t'en ! Nous avons tous pu y passer la tête et les épaules et regarder la lumière du jour qui venait du haut. Peut-être pourrions-nous nous faufiler entre la grosse pierre qui bouche le puits en partie et la paroi du puits lui-même. Cela vaudrait la peine d'essayer, tu ne crois pas ? »

Mick comprit très bien ce qu'elle voulait dire.

Il s'approcha du puits et en scruta les profondeurs.

« Tu sais, je crois que tu as raison, Annie ! dit-il enfin. Nous ne sommes pas tellement gros ni l'un ni l'autre. Oui, je pense que nous pourrons descendre plus bas que cette pierre. Il y a juste la place pour passer. Par exemple, j'ignore jusqu'à quelle profondeur se continuent les échelons de fer !

— Tant pis, essayons toujours ! insista Annie. C'est la seule chance qu'il nous reste de délivrer les autres.

— Très bien, acquiesça Mick. Je vais tenter l'aventure... Mais toi, Annie, tu ne me suivras pas. Je ne tiens pas à ce que tu dégringoles au fond du puits. Je descendrai seul. L'échelle peut s'arrêter net à mi-chemin... N'importe quoi peut arriver. Tu dois demeurer ici et attendre, pour me porter secours si besoin est. Je vais voir ce que je peux faire.

— Sois très prudent, je t'en supplie ! recommanda Annie d'une voix pressante. Et emporte une corde avec toi, Mick. Ainsi, s'il t'arrive d'en avoir besoin, tu n'auras pas à remonter.

— Bonne idée ! » répondit Mick.

Suivant le conseil de sa sœur, il se rendit à la petite salle aux murs de pierre et y prit une des cordes que les enfants avaient eu la précaution d'apporter avec eux. Il l'enroula autour de sa taille afin de conserver la liberté de ses mouvements. Puis il retourna auprès d'Annie.

« Me voilà paré ! s'écria-t-il d'un ton joyeux. En avant pour la descente ! Et ne te tracasse pas pour moi. Tout marchera très bien. »

Annie était toute pâle. Elle avait une peur affreuse de voir Mick tomber au fond du puits. Elle le regarda descendre les échelons de fer jusqu'à la pierre bloquée. Là, Mick se fit le plus mince possible pour tenter de passer entre la pierre et le mur. Ce ne fut pas chose facile.

Enfin il y réussit et, à partir de ce moment, Annie ne le vit plus. Cependant, elle pouvait encore l'entendre.

« L'échelle se continue au-delà de la grosse pierre, Annie ! Tout va bien ! cria-t-il. M'entends-tu ?

— Oui ! » répondit Annie, penchée sur la margelle. Sa propre voix lui revenait amplifiée d'étrange manière. « Prends bien garde à toi.

— Ça va toujours ! » hurla Mick en retour. Puis il poussa une sourde exclamation et ne put s'empêcher d'exprimer tout fort son dépit. « Zut ! L'échelle s'arrête ici. On dirait qu'elle est cassée net. Ou peut-être n'est-elle jamais descendue plus bas. Il va falloir que j'utilise ma corde ! »

Un silence suivit. Mick était en train de

défaire la corde enroulée autour de sa taille. Quand ce fut chose faite, il l'attacha à l'avant-dernier échelon qui semblait plus résistant.

« À présent, je continue la descente en me servant de la corde ! cria-t-il encore à Annie. Ne t'inquiète pas. Ça va... ça va toujours !... »

À partir de cet instant, Annie cessa de comprendre ce que lui criait Mick car, en raison de la profondeur et de l'obstacle constitué par la grosse pierre, les mots lui arrivaient déformés. Cependant elle était heureuse de l'entendre parler, car cela prouvait du moins qu'il était toujours sain et sauf. Elle-même l'encourageait de temps à autre de la voix, espérant que, de son côté, il pouvait saisir le sens de ses paroles.

Mick continua à se laisser glisser le long de la corde à laquelle il se retenait en s'aidant des mains, des pieds et des genoux. Quelle chance qu'il fût si bon en gymnastique ! À l'école, il était toujours le premier !

Au bout d'un moment, il se demanda s'il n'arrivait pas enfin au niveau du souterrain. Cela faisait bien longtemps qu'il descendait ! Il prit sa torche dans sa poche puis, après l'avoir allumée, la serra entre ses dents. De la sorte, il conservait ses deux mains libres. Il imprima un léger mouvement de rotation à la corde, et la torche, autour de lui, balaya de sa lumière les murs du puits. Malheureusement, Mick ne put déterminer s'il se trouvait plus haut que les oubliettes ou plus bas. Et il n'était pas dans ses intentions de continuer à descendre jusqu'au fin fond du puits !

Après une minute de réflexion, il décida qu'il avait dû tout juste dépasser l'ouverture donnant dans le souterrain. Il remonta donc un petit peu et, à son intense soulagement, s'aperçut qu'il avait raison. L'orifice se trouvait exactement à hauteur de sa tête.

Il monta un peu plus encore et se balança alors de manière à se rapprocher de l'ouverture. Bientôt il parvint à en accrocher le rebord et entreprit de se faufiler à travers. L'entreprise était malaisée mais, par bonheur, Mick n'était pas très gros. Toujours sans lâcher la corde, il se tortilla si bien qu'à la fin ses efforts furent couronnés de succès. Il se retrouva dans le souterrain, un peu essoufflé mais triomphant.

À présent, il lui suffisait de suivre les marques de craie sur les murs pour arriver à la cave où se trouvaient les lingots et où aussi, il en était sûr, Claude et François étaient retenus captifs.

Il ralluma sa torche et en projeta la lumière sur les murs. Bon... les flèches blanches n'avaient pas été effacées par les hommes. C'était une chance !... Avant de se mettre en route, Mick passa la tête dans l'ouverture du puits et héla sa sœur.

« Annie ! Ça y est ! Je suis dans le souterrain ! Fais le guet au cas où les hommes reviendraient ! »

Puis il se mit à suivre le couloir marqué par les flèches. Son cœur battait très vite. Au bout d'un moment, il arriva devant la porte aux ferrures cloutées. Ainsi qu'il s'y était attendu, elle était fermée pour empêcher Claude et François de sortir. De gros verrous étaient fixés à la partie supérieure aussi bien qu'à la partie inférieure du lourd battant.

La vue de ces verrous stupéfia tout d'abord Mick. Les bandits n'avaient tout de même pas pu prévoir qu'ils en auraient besoin ! Ils ne les avaient certainement pas transportés avec eux... Puis, en constatant que les verrous étaient rouillés, le jeune garçon supposa, non sans raison, qu'ils étaient là depuis longtemps mais qu'ils devaient se trouver tirés lorsque lui-même et ses compagnons avaient découvert la porte. C'est sans doute pour cela que les enfants ne les avaient pas remarqués plus tôt.

La serrure suffisait à protéger le trésor. Les verrous, eux, remontaient à une époque plus lointaine et prouvaient que la cave avait bien réellement servi de cachot jadis. Et aujourd'hui encore elle renfermait des prisonniers.

Ceux-ci avaient fait tout leur possible pour abattre la porte. Mais leurs efforts avaient été vains. À présent, ils se trouvaient assis dans la cave au trésor, à bout de forces et très en colère.

L'homme qui les avait enfermés là était revenu leur porter de quoi boire et manger, mais ils n'avaient pas touché à leurs provisions. Dago était avec eux, couché par terre, la tête entre les pattes, à demi fâché contre Claude qui l'avait empêché de sauter à la gorge des étrangers alors qu'il en avait si fort envie.

« De toute façon, dit soudain Claude, je suis contente que Mick et Annie aient eu assez de bon sens pour ne pas venir nous rejoindre et se faire prendre avec nous ! Ils ont dû comprendre qu'il se passait quelque chose de louche ici en s'apercevant que j'avais signé "Claudine" au lieu de "Claude". Je me demande ce qu'ils font en ce moment. Sans doute se cachent-ils pour échapper aux recherches de ces bandits... »

Un brusque grognement de Dago l'interrompit. Le chien bondit sur ses pattes et se dirigea vers la porte fermée, penchant la tête de côté. Il avait entendu un bruit quelconque, c'était évident.

« J'espère que ce ne sont pas les hommes qui reviennent déjà ! » gémit Claude.

Puis elle éclaira Dago de la lueur de sa torche et demeura stupéfaite. Le chien remuait la queue d'un air joyeux.

Un grand coup contre la porte fit sauter François et Claude sur leurs pieds. Alors, tel le clairon de la victoire, résonna la voix de Mick.

« Ohé ! Claude ! Ohé ! François ! Vous êtes là, n'est-ce pas ?

— Ouah ! répondit Dago en se mettant à gratter la porte.

— Mick ! Dépêche-toi de nous ouvrir ! hurla François fou de joie. Vite, vite, ouvre-nous ! »

Chapitre 16

Claude tient sa revanche !

Mick se hâta de déverrouiller la porte et l'ouvrit toute grande. Puis il se précipita à l'intérieur de la cellule et, dans sa joie, appliqua des claques retentissantes sur le dos de son frère et de sa cousine.

« Eh bien, s'écria-t-il, êtes-vous contents d'être délivrés ?

— Tu penses ! » répondit François en riant, tandis que Dago sautait en l'air et tournait en rond tout en aboyant comme un fou.

Claude sourit à Mick.

« Tu as fait du bon travail, lui dit-elle. Voyons, raconte-nous ce qui s'est passé... »

Mick fit alors le récit de leurs aventures, à Annie et à lui. Quand il en fut au moment où il s'était risqué à descendre au fond du puits, Claude et François le regardèrent avec des yeux ronds. Ils avaient peine à en croire leurs oreilles. François serra son frère sur son cœur.

« Tu es un garçon épatant ! lui dit-il avec émotion. Vraiment formidable ! Mais à présent il nous faut faire vite... Voyons, que proposez-vous ?

— Dame, répondit Claude, si ces hommes nous ont laissé le canot, je vais vous ramener à terre le plus rapidement possible. Il ne s'agit pas de plaisanter avec des individus qui passent leur temps à vous brandir des pistolets sous le nez ! Venez ! Nous allons remonter par le puits et rallier le canot. »

Les trois enfants se mirent à courir en direction du puits. Là, ils agrandirent un peu l'ouverture en arrachant quelques pierres, puis s'y faufilèrent l'un après l'autre. Ils se servirent de la corde pour remonter, puis de l'échelle de fer. En garçon prudent, François, de peur que celle-ci ne fût pas assez solide pour supporter leur triple poids, conseilla de ne s'y risquer qu'un à la fois.

Claude remonta la première, puis Mick, et François le dernier.

Le sauvetage de Dago fut plus malaisé. Mick dut redescendre pour l'attacher au bout d'une corde. On hissa — non sans peine — le brave chien hors du trou.

Bientôt tous se retrouvèrent à l'air libre. Ils embrassèrent Annie, et celle-ci, avec des larmes de joie dans les yeux, leur dit à quel point elle était heureuse de les retrouver sains et saufs.

« Ne perdons pas de temps ! s'écria Claude quand les effusions générales se furent un peu calmées. Au canot, vite ! Ces bandits peuvent revenir d'un instant à l'autre ! »

Tous quatre, Dago sur les talons, partirent en courant vers la crique. Ils y trouvèrent bien leur bateau à l'endroit même où ils l'avaient tiré, hors de l'atteinte des vagues. Mais quelle mauvaise surprise !

« Ils ont emporté les avirons ! s'écria Claude, bouleversée. Les brutes ! Ils savent bien qu'il nous est impossible de nous servir du canot sans les rames. Ils ont dû avoir peur qu'Annie et Mick ne s'échappent et, au lieu de s'encombrer de notre bateau en le prenant en remorque, ils se sont contentés de chiper les avirons. Nous voilà dans un beau pétrin ! Aucun moyen de partir d'ici. Nous sommes forcés de rester sur l'île. »

Les enfants se sentaient tous cruellement désappointés. Ils en auraient pleuré. Après le brillant sauvetage de Claude et de François, ils s'étaient imaginé qu'à présent tout allait très bien marcher. Et voici que les choses semblaient pires que jamais !

« Il nous faut réfléchir à la situation », déclara François en s'asseyant sur un rocher d'où il pouvait surveiller l'entrée de la baie. « Les voleurs sont partis... probablement pour louer un bateau dans lequel ils puissent transborder les lingots et prendre ensuite la fuite. Je ne pense pas qu'ils reviennent avant un bon moment, car on ne loue pas un bateau comme on achète une glace !

— Même s'ils restent longtemps absents, dit Claude en hochant la tête d'un air découragé, cela ne peut nous servir à grand-chose. Du moment que nous ne pouvons quitter l'île faute d'avirons... Nous n'avons même pas l'espoir de pouvoir faire signe à un quelconque bateau de pêche ! Il n'en passera aucun de ce côté avant le soir. C'est la mauvaise heure. Il semble que nous ne puissions rien faire d'autre que d'attendre le retour des deux hommes... et d'assister au vol des lingots.

— Attends... attends !... coupa soudain François en détachant bien ses mots. Un vague projet est en train de se former dans ma tête... Attends un peu... Ne me parle plus... Je suis en train de réfléchir... »

Les autres attendirent donc en silence tandis que François restait assis sur son rocher, immobile et les sourcils froncés, élaborant son plan. Enfin il leva la tête et regarda ses compagnons en souriant.

« Je crois que mon idée n'est pas mauvaise, déclara-t-il. Écoutez ! Nous allons attendre le retour des voleurs. Que feront-ils alors ? Ils commenceront forcément par retirer les grosses pierres qu'ils ont accumulées à l'entrée du souterrain et descendront l'escalier. Puis ils se dirigeront tout droit vers le cachot où ils nous ont laissés, pensant que nous y sommes encore, et ils y entreront. Alors, voici mon idée... Que diriez-vous si l'un de nous se cachait dans le souterrain, prêt à les enfermer au verrou à leur tour ? Alors, nous pourrions quitter l'île soit à bord de leur canot à moteur, soit à bord du nôtre, après avoir récupéré nos rames. Il ne nous restera plus qu'à alerter les gendarmes. »

Annie trouva l'idée de François parfaite. Mais Claude et Mick semblaient moins enthousiastes. Claude fut la première à soulever une objection.

« Il va nous falloir, dit-elle, redescendre verrouiller la porte de l'extérieur si nous voulons faire croire à ces hommes que nous sommes toujours prisonniers. Et puis, supposez que celui d'entre nous qui se chargera d'enfermer les malfaiteurs rate son coup. J'ai l'impression qu'il sera très difficile de les prendre au piège. Il faudra faire tellement vite ! Et si nous échouons, ils commenceront par attraper celui qui sera en bas puis remonteront s'emparer des trois autres.

— C'est vrai ! admit François d'un ton pensif. Bon ! Revisons mon plan. Mettons les choses au pire... Supposons que Mick — en admettant que ce soit lui qui descende — ne réussisse pas à enfermer les bandits. Supposons que ceux-ci remontent. Eh bien, tandis qu'ils seront encore en bas, nous entasserons de grosses pierres à l'entrée du souterrain, comme ils l'ont fait eux-mêmes. Comme ça, ils ne pourront plus sortir.

— Dans ce cas, que deviendra Mick ? riposta Annie aussitôt.

— Je pourrai remonter par le puits ! répondit Mick avec ardeur. Oui, oui, c'est moi qui vais descendre et me cacher ! Je ferai tout mon possible pour enfermer les hommes au verrou dans la cave aux lingots. Et si je dois m'échapper, je me glisserai par l'ouverture du puits. Les bandits ne connaissent pas ce passage. Ainsi, même s'ils ne sont pas prisonniers dans la cave, ils seront prisonniers du souterrain ! »

Les enfants discutèrent encore un moment le plan de François ainsi modifié et finirent par décider que c'était encore la meilleure solution.

« À présent, dit Claude, je propose que nous reprenions des forces en mangeant. Il ne faut pas rester l'estomac vide. »

Tous mouraient de faim. Ils allèrent donc chercher des provisions dans la salle du château et mangèrent à proximité de la plage, un œil fixé sur l'entrée de la baie, guettant le retour des deux hommes. Au bout de deux heures environ, ils aperçurent un assez gros bateau de pêche qui se dirigeait sur l'île. Ils purent bientôt entendre également le teuf-teuf d'un canot à moteur.

« Les voilà qui reviennent ! s'écria François, tout ému, en se levant d'un bond. Ce bateau est sans doute celui dont ils comptent se servir pour transporter les lingots avant de filer en Angleterre ou ailleurs... Le canot à moteur le suit de près. J'aperçois les deux gredins ! Vite, Mick, descends par le puits, referme les verrous et cache-toi jusqu'à ce qu'ils aient ouvert la porte ! »

Mick partit comme une flèche. François se tourna vers les deux autres.

« Il va falloir nous cacher aussi, dit-il. La marée est basse à présent et nous pouvons nous dissimuler derrière ces rochers, sur la plage même. De toute façon, je ne crois pas que ces hommes commencent par se mettre à la recherche de Mick et d'Annie, mais on ne sait jamais... Mieux vaut se montrer prudents ! Allons ! Dépêchez-vous ! »

Tous trois s'accroupirent derrière de gros rochers que la mer venait tout juste de découvrir et entendirent le canot à moteur entrer dans le petit havre. La voix de ses occupants parvint jusqu'à eux.

« Il semble que nos voleurs ne reviennent pas seuls, murmura Claude. Ils sont trois à présent. »

Cependant les hommes avaient accosté et escaladaient déjà la falaise, en direction du château.

François rampa derrière le rocher qui l'abritait et jeta un coup d'œil aux trois silhouettes mouvantes. Il était évident que les bandits allaient dégager l'entrée du souterrain qu'ils avaient bloquée pour empêcher Annie et Mick de délivrer leurs amis.

Avec mille précautions, les enfants se mirent à suivre de loin leurs ennemis. Quand ils arrivèrent à leur tour au sommet de la falaise, les trois hommes avaient déjà disparu par l'escalier de pierre.

« Ils ont eu vite fait ! murmura François. À nous, maintenant ! »

Les trois compagnons firent de leur mieux pour traîner de nouveau les grosses pierres sur l'entrée du passage. Mais leurs forces réunies étaient loin d'égaler celles des malfaiteurs. Ils ne parvinrent pas à déplacer ces énormes masses. Ils durent se contenter d'entasser trois pierres plus petites avec l'espoir que les hommes ne pourraient les faire bouger d'en bas.

« Pourvu que Mick réussisse à les enfermer dans la cave ! soupira François en se tournant vers ses compagnes. Et maintenant, allons guetter près du puits. C'est par là que Mick doit remonter puisque l'autre sortie est fermée. »

Ils se rendirent donc au puits. Les enfants se penchèrent par-dessus la margelle et attendirent non sans anxiété. Que faisait Mick en ce même instant ? Aucun bruit ne leur parvenait du fond du puits et ils brûlaient de savoir ce qui se passait en bas.

Tant de choses pouvaient arriver !... Et, en effet, les souterrains du château de Kernach étaient alors le théâtre de singuliers événements... Les deux hommes, flanqués de leur comparse, étaient descendus, s'attendant, bien sûr, à trouver François, Claude et le chien toujours enfermés dans la cave au trésor. Ils passèrent à côté de la cheminée du puits sans se douter qu'un petit garçon, fort ému, était caché là, prêt à se faufiler dans le couloir derrière eux.

Mick ne perdit pas de temps. À peine eut-il entendu les hommes s'éloigner qu'il se glissa à leur suite. Ses pieds, chaussés de caoutchouc, ne faisaient aucun bruit sur le sol rocheux. Devant lui, il apercevait la lumière des torches électriques que les hommes tenaient à la main, et il lui était très facile de ne pas les perdre de vue.

La petite procession défila ainsi le long des couloirs obscurs et nauséabonds, passant devant une série de sombres cachots... Enfin, les trois hommes débouchèrent dans le boyau plus large que les autres et ne tardèrent pas à s'arrêter devant la fameuse porte.

« C'est ici ! déclara l'un des hommes en braquant sa torche sur le battant. L'or est dans cette cave... avec les prisonniers ! »

Alors il se mit en devoir de tirer les verrous en haut et en bas de la porte. Mick se réjouit silencieusement d'avoir été assez rapide pour tout remettre en état avant l'arrivée des malfaiteurs. S'il ne l'avait pas fait, ceux-ci auraient deviné tout de suite que Claude et François s'étaient échappés, et ils auraient été sur leurs gardes. Tandis qu'à présent...

L'homme ouvrit la porte et entra dans la cellule. Son compagnon le suivit. Mick se rapprocha autant qu'il le put, attendant que le troisième gredin pénétrât à son tour dans la cave. Alors il se précipiterait et fermerait la porte sur eux.

Celui qui était entré le premier promena la lueur de sa torche sur le sol de la cave et une exclamation de stupeur lui échappa.

« Les prisonniers ont disparu. Comme c'est étrange ! Où diable sont-ils passés ? »

Deux des hommes se trouvaient déjà dans la cave et le troisième, poussé par la curiosité, se décida enfin à y entrer à son tour. Vif comme l'éclair, Mick fit un bond en avant et referma la porte. Cela fit un bruit terrible qui se répercuta le long des couloirs et dans les cachots environnants. Mick chercha à tâtons les verrous. Il n'y avait plus de lumière à présent pour l'éclairer et ses doigts tremblaient. Enfin, il trouva un des verrous. Mais celui-ci était rouillé et bien dur à pousser. Le jeune garçon eut du mal à en venir à bout et, pendant ce temps-là, les hommes ne demeuraient pas inactifs !

Dès qu'ils eurent entendu la porte se refermer, ils se retournèrent ensemble. Après un bref instant de stupéfaction, celui qui était entré le dernier appuya son épaule contre l'épais battant de bois et exerça une forte poussée. Mick venait juste d'engager l'un des verrous dans sa gâche. Puis les trois hommes réunirent leurs forces... et le verrou céda !

Mick demeura figé d'horreur l'espace d'une seconde. La porte était ouverte ! Épouvanté, il pivota sur ses talons et se rua de toute la vitesse de ses jambes le long du couloir obscur. Les hommes tournèrent leurs torches dans sa direction et le fugitif apparut en pleine lumière. Ils s'élancèrent à sa poursuite.

Mick courait droit au puits. Par un heureux hasard, l'ouverture qui permettait de se faufiler à l'intérieur était située du côté opposé à celui où débouchait le couloir. Profitant de son avance, le jeune garçon eut tout juste le temps de se couler par le trou à l'abri de la lumière des torches avant que les hommes n'arrivent à leur tour. Aucun d'eux ne soupçonna que le fugitif était aussi près ! Ils dépassèrent en courant la maçonnerie cylindrique, sans même se douter qu'il s'agissait là d'un puits.

Tremblant de la tête aux pieds, Mick entreprit

alors de remonter le long de la corde toujours accrochée à l'avant-dernier barreau de l'échelle. Une fois parvenu à l'échelle elle-même, il prit la précaution de dénouer le filin par crainte que les hommes ne finissent par découvrir le puits et ne se mettent à monter à leur tour. Sans corde, l'ascension devenait impossible.

Mick grimpa les échelons aussi vite qu'il put et, après s'être faufilé entre la grosse pierre et la paroi, déboucha enfin à l'air libre. Les enfants étaient là, à l'attendre.

Rien qu'à voir le visage de Mick, ils comprirent aussitôt qu'il avait échoué dans son entreprise. Ils l'aidèrent à sortir du puits.

« Je n'ai pas eu de chance ! haleta Mick. Je n'ai pas pu réussir à les enfermer dans la cave. Ou plutôt je venais tout juste de pousser le premier verrou quand ils ont fait sauter la porte et m'ont donné la chasse. Je leur ai échappé à temps en passant par l'ouverture du puits.

— Et à présent, ils vont essayer de sortir par l'autre issue ! s'écria Annie. Vite ! Il faut faire quelque chose. Sinon, ils vont nous attraper, c'est sûr !

— Au canot ! » s'écria François. Et, prenant Annie par la main, il se mit à courir en l'entraînant à sa suite. « Dépêchez-vous. C'est notre seule chance ! À eux trois, ils ne tarderont pas à dégager l'entrée du souterrain que nous avons bloquée. »

Les quatre compagnons se ruèrent à travers la cour. Comme ils passaient à proximité de la petite salle aux murs de pierre, Claude s'y précipita et en ressortit, une hache à la main. Mick se demanda ce qu'elle comptait en faire. Dago précédait ses jeunes maîtres, aboyant follement.

Les enfants arrivèrent sur la plage. Leur canot se trouvait devant eux, dépouillé de ses avirons. Le canot à moteur de leurs ennemis était là, lui aussi. Claude bondit dedans et poussa une exclamation ravie.

« Chic ! Nos rames sont là ! s'écria-t-elle. Tiens, François, prends-les ! Porte-les vite au bateau et pousse-le à l'eau. Dépêche-toi. Je vous rejoins dans une minute. J'ai quelque chose à faire ici ! »

François et Mick prirent les avirons. Puis ils mirent le canot de Claude à flot en se demandant pourquoi leur cousine était restée derrière. Des craquements et des bruits métalliques leur parvenaient du canot à moteur.

« Claude ! Claude ! Arrive ! hurla tout à coup François. Les hommes sont sortis du souterrain ! Fais vite ! »

En effet, les trois hommes dévalaient déjà le sentier de la falaise menant à la crique. Claude bondit hors du canot à moteur et rejoignit les autres en courant. Ils poussèrent un peu plus le bateau dans la mer puis sautèrent dedans. Claude se saisit des rames et s'éloigna du rivage aussi vite qu'elle put.

Les trois hommes, de leur côté, coururent à leur canot à moteur. Et alors, arrivés là, ils s'arrêtèrent, consternés... Claude avait rendu l'embarcation inutilisable. À coups de hache, elle avait démoli tout ce qu'elle avait pu : le moteur était en miettes et les avirons de secours, cassés au ras des pales, ne pouvaient plus servir à rien. Les hommes ne possédaient aucun des outils nécessaires pour réparer les graves avaries qui s'étalaient à leurs yeux. Ils ne pouvaient plus désormais espérer quitter l'île par leurs propres moyens !

« Maudite gamine ! hurla celui qu'on appelait Gustave en tendant le poing en direction de Claude. Attends seulement que je t'attrape ! »

Claude se retourna vers lui. Une flamme brillait au fond de ses yeux bleus.

« C'est plutôt vous qui allez attendre ! cria-t-elle en retour. Je me demande comment vous pourriez quitter mon île ! Attendez ! Nous allons revenir ! »

Chapitre 17

Victoire finale

Les trois hommes demeurèrent sur la grève, regardant Claude s'éloigner à grands coups d'avirons. Ils ne pouvaient rien faire d'autre.

Quand les enfants furent sortis du petit havre et eurent contourné les rochers qui en défendaient l'accès, Claude désigna du menton un bateau de pêche à l'ancre non loin de là.

« Regardez, dit-elle sans cesser de tirer sur les rames. Voilà le bateau que les malfaiteurs ont fait venir ici pour enlever le trésor. Il est trop gros pour pouvoir entrer dans la crique. Pour que les bandits puissent quitter l'île, il faudrait qu'un complice vienne les chercher avec une toute petite embarcation. »

Comme les enfants passaient à proximité de la grosse barque de pêche, un marin, qui semblait seul à bord, les héla :

« Ohé ! là-bas ! Venez-vous de l'île de Kernach ?

— Ne répondez pas ! ordonna Claude. Ne dites pas un mot.

— Ohé ! là-bas ! cria le marin d'une voix coléreuse. Êtes-vous sourds ? Je vous demande si vous venez de l'île. »

Les enfants continuèrent à ne pas répondre. Leur regard était tourné dans une autre direction que celle du bateau de pêche. Ils ne semblaient même pas l'avoir aperçu. Claude ramait toujours vigoureusement.

Le marin renonça à les appeler. Fronçant les sourcils, il considéra l'île d'un air perplexe.

Quelque chose le tracassait soudain.

Il était presque sûr que les enfants venaient de l'île et, comme il soupçonnait que ses employeurs avaient là-bas quelque louche besogne en train, il se demandait si cette bande de gosses ne leur avait pas joué un mauvais tour. Peut-être ferait-il bien d'aller voir ce qui se passait à terre ? Après tout, on lui avait promis une grosse somme d'argent et il entendait bien la toucher.

Claude devina en partie ses pensées.

« Quand il s'apercevra que les autres ne reviennent pas à bord, dit-elle, il est bien possible qu'il mette sa petite chaloupe à l'eau et aille voir lui-même de quoi il retourne. Nous ne pouvons malheureusement empêcher cela. Toutefois, je ne crois pas que ces gredins oseront emporter l'or à présent que nous sommes libres et que nous allons raconter notre histoire à papa.

— Et puis, suggéra Mick plein d'espoir, peut-être que ce marin n'ira au secours des autres que beaucoup plus tard... alors que la police sera déjà alertée.

— Je l'espère ! dit Claude. Je rame aussi vite que je peux. »

Bientôt le canot des enfants toucha terre. Les quatre compagnons sautèrent parmi les vaguelettes qui venaient lécher le rivage et se dépêchèrent de tirer leur embarcation sur le sable. Dago lui aussi tirait sur l'aussière qu'il avait saisie entre ses crocs.

« Vas-tu ramener Dago à Jean-Jacques ? » demanda Mick à sa cousine.

Claude secoua la tête.

« Non, répondit-elle. Nous n'avons pas le temps. Il faut nous hâter de rentrer et de raconter ce qui s'est passé sur l'île. Je me contenterai d'attacher Dago à la barrière du jardin, près du portail. »

Les enfants regagnèrent la *Villa des Mouettes* à une allure accélérée. Ils trouvèrent tante Cécile dehors, en train de jardiner. La jeune femme considéra d'un air étonné les enfants en nage.

« Vous voici déjà de retour ! s'écria-t-elle. Je ne comptais pas sur vous avant demain ou même après-demain ! Est-il arrivé quelque chose ? Oh ! mon Dieu... Mick ! Tu t'es blessé à la joue !

— Ce n'est rien », assura Mick.

Les autres se mirent à parler tous à la fois.

« Tante Cécile ! Où donc est oncle Henri ? Nous avons quelque chose d'important à lui dire.

— Maman, si tu savais l'aventure que nous venons de vivre !

— Tante Cécile, vous ne croirez jamais ce qui nous est arrivé... »

Mme Dorsel, de plus en plus stupéfaite, remarqua alors les vêtements salis et déchirés de sa fille et de ses neveux.

« Que s'est-il donc passé ? » demanda-t-elle. Puis, se tournant vers la maison, elle appela : « Henri ! Henri ! Les enfants ont quelque chose à te dire ! »

M. Dorsel fit son apparition, l'air maussade, car on le dérangeait en plein travail.

« De quoi s'agit-il ? demanda-t-il d'un ton brusque.

— Oncle Henri, c'est à propos de l'île de Kernach, expliqua François fébrilement. Cet homme qui désirait l'acheter n'en est pas encore propriétaire, n'est-ce pas ?

— Ma foi, l'île est pour ainsi dire vendue, répondit son oncle. J'ai signé l'acte de mon côté et ce M. Gustave je-ne-sais-plus-qui doit le signer demain pour sa part. Mais pourquoi me demandes-tu ça ?

— Mon oncle, cet homme ne signera rien du tout demain. Savez-vous pourquoi il voulait acheter l'île et le château ? Non pas pour y faire construire un hôtel comme il essayait de vous le faire croire, mais parce qu'il savait que l'or se trouvait caché là-bas.

— Ah ça, mon garçon, quelles sottises me débites-tu ? s'écria M. Dorsel.

— Ce ne sont pas des sottises, papa ! protesta

Claude avec indignation. C'est la pure vérité. Le plan du vieux château se trouvait dans le coffret d'étain que tu as vendu à ce malhonnête antiquaire... et le plan indiquait l'endroit où mon arrière-arrière-grand-père avait enfoui les lingots d'or. »

Le père de Claude eut l'air d'abord surpris, puis ennuyé. En fait, il ne croyait pas un mot de ce qu'il entendait. Tante Cécile, en revanche, n'eut qu'à regarder le visage grave et tendu des quatre enfants pour comprendre qu'un fait sérieux s'était produit.

Et soudain, dans le silence qui venait de tomber, Annie éclata en sanglots bruyants. Elle avait subi trop d'émotions et la pensée que son oncle refusait de croire leur histoire pourtant si véridique était plus qu'elle ne pouvait en supporter.

« Tante Cécile ! Nous vous disons la vérité ! hoqueta-t-elle. Oncle Henri a tort de ne pas nous croire ! Oh ! Tante Cécile, l'homme avait un pistolet... et il a enfermé Claude et François dans les oubliettes... et Mick a été obligé de descendre dans le puits pour les délivrer. Et ensuite Claude a démoli le moteur de leur canot à coups de hache pour les empêcher de nous poursuivre ! »

Il était difficile à M. et Mme Dorsel de suivre le fil exact de l'histoire à travers le discours plutôt incohérent d'Annie, mais l'oncle Henri parut enfin comprendre que les événements qui venaient de se dérouler dans l'île de Kernach étaient graves et valaient la peine qu'on leur prêtât attention.

« Claude a abîmé un canot à moteur !

s'exclama-t-il. Quelle action insensée ! Allons, suivez-moi dans mon bureau. Vous allez me raconter toute cette histoire posément, sans négliger aucun détail. »

Tout le monde rentra à la villa. Annie s'installa sur les genoux de sa tante et écouta Claude et François faire le récit de leurs aventures. Ils parlèrent d'une façon précise et sans rien laisser dans l'ombre. En apprenant ce qui leur était arrivé, tante Cécile devint toute pâle, surtout lorsqu'il fut question de l'exploit de Mick se risquant au fond du puits.

« Oh ! Mick ! s'écria-t-elle. Tu aurais pu te tuer ! Quel courageux garçon tu fais ! »

M. Dorsel, pour sa part, écoutait sans rien dire. Il était stupéfait, au-delà de toutes limites. Ces quatre intrépides forçaient son admiration.

« Vous avez fait preuve de beaucoup d'habileté, dit-il enfin, et aussi de courage. Je suis fier de vous. Oui, en vérité, je suis très fier de vous tous. Je comprends à présent pourquoi tu insistais si fort pour que je ne vende pas l'île, Claude ! Tu savais que les lingots d'or étaient cachés là-bas. Mais pourquoi ne me l'as-tu pas dit ? »

Les quatre enfants le regardèrent sans répondre. Ils n'osaient révéler le fond de leur pensée et dire tout haut la vérité, à savoir qu'ils auraient craint que leur oncle ne les crût pas, et ensuite qu'ils avaient toujours un peu peur de lui.

« Pourquoi ne répondez-vous pas ? » insista M. Dorsel.

Ce fut sa femme qui s'en chargea. Elle le fit d'une voix douce.

« Henri, dit-elle, je pense que tu intimides les enfants, ne crois-tu pas ? C'est pour cela qu'ils ne se confient pas volontiers à toi. Mais à présent qu'ils s'y sont décidés, te voici en mesure de prendre l'affaire en main. Claude et ses cousins ne peuvent continuer à lutter seuls contre ces hommes. Tu dois prévenir la police et c'est à elle d'intervenir au plus vite. Il n'y a pas de temps à perdre !

— Très bien ! » dit l'oncle Henri en se levant d'un bond. Il donna une tape amicale sur le dos de François. « Jeune homme, lui dit-il, tu as bien travaillé... » Puis il ébouriffa les cheveux courts et bouclés de Claude. « Et je suis fier de toi, Claude ! ajouta-t-il. Oui, je suis fier de toi, *mon garçon* !

— Oh ! papa ! » s'exclama Claude qui se mit à rougir de surprise et de joie.

Elle sourit à son père qui lui rendit son sourire. Leurs visages en furent illuminés et tout transformés. Comme cet air aimable leur allait bien, à l'un et à l'autre ! L'oncle Henri et Claude se ressemblaient décidément beaucoup. Tous deux étaient peu agréables à regarder quand ils arboraient une mine renfrognée, mais c'était tout le contraire quand ils riaient ou souriaient.

Sans plus s'attarder, M. Dorsel alla téléphoner à la gendarmerie, puis à son homme d'affaires. Pendant ce temps, tante Cécile servit une collation aux enfants. Tout en dévorant des biscuits et des prunes, ceux-ci contèrent à leur tante de menus détails qu'ils avaient négligés au cours de leur précédent récit.

Et soudain, alors qu'ils étaient encore à table, un terrible aboiement de colère leur parvint du fond du jardin. Claude se leva d'un bond.

« C'est Dago, expliqua-t-elle à sa mère avec une lueur inquiète au fond des yeux. Je n'ai pas eu le temps de le ramener à Jean-Jacques qui le garde ordinairement pour moi. Si tu savais, maman, comme Dago nous a été utile sur l'île ! Je te prie de l'excuser d'avoir aboyé ainsi à l'instant même... Mais je crois que le pauvre a faim.

— Eh bien, va le chercher ! dit Mme Dorsel d'une manière tout à fait inattendue. Ce chien est lui aussi un héros... il a droit à un bon dîner. »

Claude sourit, enchantée. Elle sortit en courant et alla rejoindre Dago. Elle le détacha et revint avec lui. Le chien entra en bondissant tout en agitant sa longue queue. Il donna un grand coup de langue sur la main de tante Cécile et dressa comiquement les oreilles en la regardant.

« Brave toutou ! dit la mère de Claude en le caressant. Attends, je vais te préparer quelque chose de bon ! »

Dago comprit et la suivit à la cuisine. François sourit à Claude.

« Eh bien, murmura-t-il, tu as vu ? Ta mère est épatante, tu sais !

— Oui... mais je ne sais pas ce que papa va dire en voyant Dago. »

M. Dorsel revint l'instant d'après, le visage grave.

« La police s'intéresse vivement à cette histoire, expliqua-t-il, et mon homme d'affaires également. Tout le monde est d'accord pour reconnaître que vous, les enfants, vous vous êtes montrés très malins et très courageux. Et puis, Claude... mon avocat affirme que ces lingots d'or sont notre propriété, sans contestation possible... Y en a-t-il vraiment beaucoup ?

— Des centaines, papa ! s'écria Claude. Des centaines, sans exagérer ! Ils forment un tas énorme au fond du cachot où nous étions enfermés. Allons-nous être très riches à présent ?

— Oui, répondit son père. Sans aucun doute. Assez riches pour que je puisse enfin vous offrir, à ta maman et à toi, toutes les choses dont je rêvais de vous combler depuis tant d'années sans pouvoir jamais y arriver ! J'ai travaillé sans relâche pour vous deux... mais mon travail n'est pas de l'espèce qui rapporte une fortune. C'est pour cela que j'étais si souvent irritable. À présent, vous aurez tout ce que vous désirez !

— Je ne désire rien de plus que ce que j'ai ! répondit Claude. Et pourtant, papa, il y a une chose que je souhaite plus que tout au monde, et que tu pourrais m'accorder... sans qu'il t'en coûte un sou !

— Entendu ! dit M. Dorsel en passant son bras autour des épaules de Claude. Dis-moi de quoi il s'agit et même si cela coûte très cher, sois sûre que tu l'auras ! »

À cet instant précis, on entendit le bruit de grosses pattes le long du corridor conduisant à la salle à manger où les enfants et M. Dorsel se trouvaient réunis. Une tête à poils embroussaillés passa par l'entrebâillement de la porte et une paire d'yeux vifs dévisagea chacun des occupants de la pièce. C'était Dago !

L'oncle Henri le regarda, stupéfait.

« Mais... N'est-ce pas là Dago ?... Salut, Dago !

— Papa ! Dago est ce que je désire le plus au monde, expliqua Claude en pressant le bras de son père. Tu ne peux savoir quel réconfort il a été pour nous lorsque nous nous trouvions en danger sur l'île. Il voulait sauter à la gorge de ces gredins et nous défendre. Je ne veux aucun autre cadeau, papa... Nous pourrions le loger dans une jolie niche, au jardin, et je veillerais à ce qu'il ne te dérange pas, je te le promets !

— Eh bien, garde Dago, si tu veux ! » déclara l'oncle Henri.

Tout aussitôt, comme s'il eût compris ce que M. Dorsel venait de dire, Dago entra carrément dans la pièce, agitant la queue avec frénésie. Il alla droit au père de Claude et lui lécha la main.

Il est vrai que l'oncle Henri n'était plus le même désormais. On aurait dit qu'un grand poids venait soudain de quitter ses épaules. C'est que la famille Dorsel était riche à présent. Claude pourrait aller dans une bonne pension et tante Cécile serait en mesure d'acheter toutes les choses dont elle aurait envie. De plus, l'oncle Henri pourrait de son côté continuer à faire le travail qui lui plaisait, mais sans avoir le souci d'en retirer assez d'argent pour faire vivre les siens. Il rayonnait de joie et ne ressemblait plus au savant maussade que les enfants connaissaient.

Claude, elle aussi, était radieuse. Dago lui appartenait ! Dans sa joie, elle se jeta au cou de son père et l'embrassa avec effusion, ce qu'elle n'avait pas fait depuis longtemps. M. Dorsel parut à la fois surpris et charmé.

« Eh bien, eh bien, dit-il. Tout le monde est content, à ce qu'il me semble... » Il s'interrompit soudain au bruit d'une voiture qui s'arrêtait devant la porte. « Tiens, fit-il remarquer, serait-ce déjà la police ? »

C'était bien elle. Les gendarmes entrèrent et échangèrent quelques mots avec M. Dorsel. Puis l'un d'eux resta sur place pour prendre par écrit la déposition des enfants, tandis que les autres se hâtaient de partir en bateau pour l'île de Kernach...

Ils y arrivèrent juste à temps ! Le patron du bateau de pêche s'était finalement décidé à aller voir pourquoi ses passagers tardaient tant à revenir. Comme il était seul à bord, il lui avait fallu longtemps pour mettre la chaloupe à l'eau. Les gendarmes survinrent au moment précis où il ramenait les trois gredins à bord. L'arrestation des voleurs se fit sans difficulté. Outre le témoignage des enfants, il y avait une autre preuve contre eux : ils avaient eu l'audace de prendre quelques lingots avant de fuir. C'est ce retard qui avait causé leur perte définitive. Ils devaient par la suite méditer en prison sur les conséquences de leur malhonnêteté.

Les gendarmes allèrent jeter un coup d'œil au canot à moteur.

« Ma foi, dit l'un d'eux en souriant, la petite Dorsel n'a pas froid aux yeux. Elle a fait là du bon travail ! C'est grâce à elle que les bandits sont restés impuissants sur l'île. Nous allons remorquer ce bateau jusqu'au port... »

Avant de quitter l'île, les gendarmes descendirent dans les souterrains pour poser les scellés sur la porte de la cave aux lingots. Ainsi personne ne pourrait pénétrer dans cette pièce et l'or demeurerait à l'abri jusqu'à ce que M. Dorsel vienne le chercher. En attendant, le père de Claude aurait la joie d'examiner de près un échantillon de sa fortune : les gendarmes lui rapportaient les quelques lingots trouvés sur les voleurs...

En apprenant que les trois malfaiteurs avaient été capturés, les enfants se réjouirent tout haut : le trésor était sauf et les coupables seraient punis de leur malhonnêteté ! Une seule chose les déçut un peu : ils s'étaient imaginé que les gendarmes rapporteraient avec eux la totalité des lingots.

Claude et ses cousins se sentaient à présent très fatigués. Aussi, ce soir-là, ne protestèrent-ils pas lorsque tante Cécile décida qu'ils iraient se coucher de bonne heure.

« Je vais vous faire dîner avant oncle Henri et moi, déclara-t-elle, après quoi vous monterez tout droit au lit. Une bonne nuit dissipera la fatigue de la journée. »

Les enfants se réunirent donc dans la salle à manger. Dago demeura avec eux, prêt à ramasser les miettes qu'on voudrait bien lui abandonner.

« Eh bien, dit soudain François en réprimant un bâillement, il faut reconnaître que nous avons vécu une aventure sensationnelle. Je suis presque ennuyé en un sens qu'elle soit déjà finie... Et pourtant, nous avons connu des heures bien angoissantes... surtout quand toi et moi, Claude, nous étions prisonniers dans le souterrain. Quelles émotions ! »

Claude grignotait des biscuits d'un air ravi. Elle sourit à François.

« Dire qu'au début j'étais furieuse que vous soyez venus passer vos vacances ici ! s'écria-t-elle. J'avais l'intention de vous faire grise mine. Je voulais vous donner l'envie de rentrer chez vous ! Et maintenant je suis triste rien qu'à l'idée que vous partirez à la fin de l'été ! Comme vous allez me manquer ! Après avoir eu trois amis pour partager avec moi de palpitantes aventures, je vais me retrouver toute seule. Je n'avais jamais éprouvé le besoin d'une compagnie auparavant. Mais à présent... »

Tante Cécile parut sur le seuil de la salle à manger.

« Allons, mes enfants, il est temps de monter vous coucher. Regardez Mick, le pauvre ! Il tombe de sommeil ! Je suis persuadée que vous allez tous faire de beaux rêves après la merveilleuse aventure que vous venez de vivre. »

Elle accompagna les filles dans leur chambre.

« Dis-moi, Claude, n'est-ce pas Dago que j'aperçois là, sous ton lit ?

— Oui, maman, c'est lui ! répondit Claude en faisant mine d'être surprise. Dis-moi, Dag, pourquoi t'es-tu glissé là ? »

Dago rampa hors de sa cachette et alla droit à tante Cécile. Alors, se couchant à ses pieds, il leva vers elle un regard implorant qui exprimait une muette prière. Mme Dorsel se mit à rire.

« Tu veux coucher dans la chambre des filles cette nuit, je parie ? dit-elle. Allons, accordé... pour une fois !

— Maman ! cri Claude, folle de joie. Oh ! merci ! Mille fois merci ! Comment as-tu deviné que je mourais d'envie de ne pas me séparer de Dago ce soir ? Dago, tu peux coucher sur la descente de lit, tout près de moi ! »

Ce furent quatre enfants heureux qui se mirent au lit ce soir-là. Leur passionnante aventure avait eu un heureux dénouement. Une longue période de vacances s'ouvrait encore devant eux... et l'oncle Henri, tout souriant, ne leur faisait plus du tout peur !... L'île et le château de Kernach continuaient à être la propriété de Claude ! Bref, on ne pouvait rien souhaiter de plus !

« Si tu savais comme je suis contente que l'île ne soit pas vendue ! soupira Annie sur le point de s'endormir. Je suis heureuse à la pensée qu'elle t'appartient toujours.

— Elle appartient aussi à trois autres personnes, répondit Claude. Car elle est non seulement à moi mais encore à toi, à François et à Mick. J'ai découvert qu'il était fort agréable de partager ce que l'on possède. Dès demain, je vous donnerai solennellement un quart de mon île à chacun.

— Oh ! Claude... c'est magnifique ! murmura Annie, enchantée. Comme les garçons vont être contents ! Je suis moi-même si... »

La petite fille n'eut pas le temps d'achever sa phrase : elle venait de s'endormir. Claude ne tarda pas à suivre son exemple... Dans leur chambre, les garçons dormaient aussi, rêvant aux lingots, aux oubliettes, et à mille autres choses passionnantes.

Seul Dago était encore éveillé. Oreilles dressées, il écoutait la respiration de Claude et d'Annie. Dès qu'il comprit qu'elles étaient profondément endormies, il quitta sa descente de lit et s'approcha avec mille précautions de la couchette de Claude... Posant les pattes de devant sur le bord du lit, il flaira la fillette endormie.

Puis, d'un bond, il sauta sur les couvertures et se coucha en rond contre ses jambes. Alors, avec un soupir d'extase, il ferma les yeux. Sans doute les enfants étaient-ils très heureux... mais Dago était plus heureux encore !

« Oh ! Dag ! soupira Claude qui s'était à moitié réveillée en sentant le chien auprès d'elle.

Dag ! Il ne faut pas ! Enfin... tu es si gentil ! Écoute, mon vieux Dago... nous vivrons encore de palpitantes aventures tous les cinq... tu verras. »

Oui, le Club des Cinq devait connaître d'autres palpitantes aventures... Mais cela est une autre histoire !

Table

Dans la même collection…

Mademoiselle Wiz,
une sorcière particulière.

Mini, une petite fille
pleine de vie !

Fantômette,
l'intrépide
justicière.

Avec le Club des Cinq,
l'aventure est toujours
au rendez-vous.

Kiatovski,
le détective en baskets
qui résout
toutes les enquêtes.

Dagobert,
le petit roi
qui fait tout à l'envers.

Rosy et Georges-Albert,
le duo de choc
de l'Hôtel Bordemer.

Avec Zoé,
le cauchemar devient
parfois réalité.

Composition ***Jouve*** – 53100 Mayenne

Imprimé en France par ***Partenaires-Livres*** ®
N° dépôt légal : 10447 - avril 2001
20.20.0295.03/4 ISBN : 2.01.200295.1

Loi n° 49-956 du 16 juillet 1949
sur les publications destinées à la jeunesse